김기창 1978년 경남 마산에서 태어나 한양대 사회학과를 졸업한 후 이런저런 매체에 글을 쓰고 아이들 가르치는 일을 했다. 2014년 장편소설『모나코』로 38회 〈오늘의 작가상〉을 받으며 등단했다. 실종된 첫사랑을 찾아 나선 40대 싱글남에 관한 두 번째 소설을 쓰고 있다.

모
나
코

2014 오늘의 작가상 수상작

모
나
코

김기창 장편소설

민음사

I

노인이 아이들을 집에 데리고 왔다. 노인의 집에 가족이 아닌 사람이 들어온 것은 드문 일이었다. 노인은 길을 잃고 지쳐 있었다.

평소에 잘 가지 않던 골목길을 들어섰다 길을 잃은 게 발단이었다. 복잡한 골목길을 지나면 자신의 집 뒷문 쪽으로 난 길을 만날 수 있었지만, 골목길은 계통 없이 펼쳐지고 비슷하게 생긴 집들이 다닥다닥 붙어 있어 방향을 찾기가 어려웠다. 이 동네에서 20년 가까이 살았지만, 이 길은 도통 익혀지지 않았다.

노인이 사는 동네의 인구는 대략 만 명이다. 그중 노인이 전화번호를 아는 사람은 0명. 노인이 따른 술을 먹은 사람도 없다. 외국인이 300명인데 커다란 집에 사는 몇 사람을 제외하곤 나머지는 어느 구역에 사는지 짐작도 안 되었다. 그들은 1년에 한 번씩 외국인 축제가 열릴 때면 거리로 쏟아져 나왔다. 그들이 쓰는 언어는 대략 일곱 가지. 그중 노인이 구사할 수 있는 언어는 0개. 사실 언어는 장벽이 될 기회조차 없었다. 전체 주택 수는 5000채. 헐렁하게 동네를 감싸고 있는 산 중턱부터 시작해 아래까지 대략 2300채의 단독주택이 요새처럼 자리 잡고 있었다. 그중 노인이 신발을 벗고 들어가 본 집은 0곳. 새로 지은 빌라를 포함해 은퇴한 가장의 윗도리처럼 낡은 집들에도 들어가 본 적이 없었다. 복잡한 수식과 무한대의 숫자로 이루어진 수학 문제의 답은 대체로 0이나 1로 수렴된다. 결국, 0이거나 1이라는 것. 노인에겐 새로운 길을 익힐 이유가 없었다.

골목길 초입을 지나자 갈림길이 나왔다. 노인은 고민했다. 오른쪽으로 가서 자신의 집 뒷문을 만나면 진이 초대에 응할 것으로 믿고, 왼쪽으로 가서 뒷문을 만나면 진이 초대에 응하지 않으리라고 여기자 했다. 노인의 판단은 왼쪽이었다. 진은 오지 않을 것 같았다. 왼쪽으로 꺾어 들자 녹지 않은 눈이 바닥에 얼어붙어 있었고, 녹이 슨 철문들이 바람에 덜컹거렸다. 눈에 익은 풍경이었다. 다시 갈림길이 나왔다. 또 왼쪽이 끌렸다. 코너를 돌자 40도 이상 경사진 길이 나왔다. 손잡이 난간을 붙잡고 올랐다. 미끄럼 방지용 연탄재와 눈이 섞여 있어 만취한 땅이 뱉어 놓은 토사물을 밟는 기분이었다. 다 오르니 다시 왼쪽으로 길이 뻗어 있었다. 진이 어느 쪽을 선택할지 자신이 정확히 예감했다는 뜻 같았다. 모서리를 돌았다. 낡은 남청색 대문이 앞을 가로막았다. 막다른 길이었다.

노인은 다시 아래로 내려갔다. 힘들다는 생각은 들지 않았다. 이번엔 오른쪽을 택했다. 왼쪽으로 갔을 때와 비슷한 풍경이 펼쳐졌다. 가파른 길을 다 오르자 또 다른 집의 대문이 길을 막아섰다. 대문 안에서 개가 사납게 짖었다. 진은 오지도, 그렇다고 안 오지도 않겠구나 싶었다. 그대로 사라질 것 같았다.

어느 길로 가야 할지 감이 잡히지 않았다. 발바닥이 아팠다. 다시 제자리로 돌아왔다. 오른쪽으로 꺾은 다음 이번에는 왼쪽으로 꺾었고 다시 오른쪽으로 꺾었다. 솔직히 노인은 진의 생각을 전혀 알 수 없었다. 집으로 가는 길도 여전히 보이지 않았다. 마지막으로 엉뚱하다 싶은 길만 택해서 올라갔다. 이번에도 못 찾으면 잘 아는 길로 돌아가기로 마음먹었다. 길의 끝에는 왼쪽 문이 떨어져 나간 폐가가 있었다. 멀어지는 진의 뒷모습이 환영처럼 눈앞에 아른거렸다.

* * *

  짜증이 턱밑까지 차올랐을 때쯤 골목길 중간 지점에서 담배를 피우는 아이들의 모습이 보였다. 평일 오전이었다. 노인은 아이들 곁으로 다가갔다. 아이들은 교복을 입고 있었다. 남자아이 두 명과 여자아이 한 명이었다. 아이들은 노인을 보고도 담배를 끄지 않았다. 키가 큰 남자아이가 노인의 눈치를 보는 것도 같았지만 혼자 담배를 끄는 것은 자존심이 허락하지 않는다는 듯 고개를 돌려 피웠다.

  "맛있냐?"

  노인이 말했다.

  여자아이가 매일 술 먹고 들어오는 제 아빠의 얼굴을 보듯 노인을 바라봤다. 침을 바닥에 찍 뱉었다.

  "하나 드릴까요?"

  키가 작은 남자아이가 웃으며 말했다.

  "그건 쓰레기지 담배가 아냐."

  "이거 말보로예요."

  "골목길을 빠져나가게 해 주면 그런 쓰레기 말고 진짜

담배를 줄게."

"필요 없거든요."

여자아이가 투박한 리듬을 실어 말했다. 종갓집 며느릿
감은 아니었다. 키가 큰 남자아이가 여자아이에게 그러지
말라고 눈짓하며 피우던 담배를 신발로 짓이겨 껐다.

"따라오세요."

큰 남자아이가 앞장서 걸었다. 노인이 뒤를 따랐다.

"담배는 어디 있는데요?"

작은 남자아이가 큰 남자아이를 따라나서며 말했다.

"야, 2교시 끝났어."

여자아이가 짜증스럽게 말했다.

"그러니까 뭐하러 빨리 가."

작은 남자아이는 돌아보지도 않고 말했다.

"담배 어디 있어요?"

"집에."

"집이 큰길에 있어요?"

"그래."

"부잣집이네요?"

"부자가 사는 집이 있긴 하지."

"할아버지 집이에요?"

"내가 사는 집이지."

"근데 왜 길을 몰라요?"

"보면 모르겠냐? 늙었잖아."

큰 남자아이가 작은 남자아이와 눈빛을 교환했다. 무슨 의도인지는 알 수 없었다.

"무슨 담밴데요?"

작은 남자아이가 말했다.

"아무리 돈을 많이 벌어도 살 수 없는 담배지."

"대마초 같은 거 아니에요?"

"그건 돈 벌면 살 수 있어."

여자아이가 문자해, 라고 소리치며 반대편 골목길로 내려갔다.

"납치나 뭐 그런 건 아니죠?"

큰 남자아이가 뒤따라 오는 노인을 바라보며 말했다. 자신은 담배 따윈 관심 없이 그냥 호의를 베푸는 것이니 나쁜 짓을 해서는 안 된다는 투였다.

"집에 돈이 그리 있을 것 같진 않은데."

작은 남자아이가 오른팔로 큰 남자아이의 어깨를 툭 밀었다. 큰 남자아이가 작은 남자아이에게 말했다.

"너도 가난하잖아."

"병신아, 너희 집보단 부자야."

작은 남자아이가 이번엔 어깨로 큰 남자아이를 밀쳤다.

"담배 살 돈도 없는 병신이."

큰 남자아이가 작은 남자아이를 따라 똑같이 어깨를 밀쳤다.

두 아이는 가는 내내 투닥거렸다. 아이들이 병신을 집 어넣어서 할 수 있는 말을 다 하는 동안 세 사람은 골목길 을 빠져나왔다. 왼쪽, 오른쪽, 오른쪽, 왼쪽, 오른쪽, 왼쪽 순으로 코너를 돌았다. 뒷문으로 난 길이 보였다.

* * *

잘 아는 길이 나타나자 노인이 앞장섰다. 아이들은 노 인을 따라갈지를 두고 또 다투었다. 뒷문에 도착했다.

"들어와서 가져가."

노인이 말했다.

작은 남자아이가 얼른 노인 옆에 섰다. 노인이 비밀번 호를 눌러 문을 열었다. 작은 남자아이는 노인이 누르는 비밀번호를 유심히 쳐다보았다. 노인이 먼저 들어갔다. 작은 남자아이가 떨어져 서 있는 큰 남자아이에게 빨리 오라고 손짓했다. 작은 남자아이가 들어가고 큰 남자아이 가 뒤를 따랐다. 건물 측면을 돌아 현관으로 향했다. 현관 문은 잠겨 있지 않았다. 아이들은 때가 잔뜩 묻은 운동화를 벗고 거실로 들어섰다.

"저기 앉아."

노인이 말했다.

아이들이 소파에 앉았다. 고양이 한 마리가 부엌 입구에 앉아 아이들을 지켜보았다. 노인은 아이들 맞은편에 앉아 소파 테이블 아래서 시가 상자를 꺼냈다. 시가 머리를 커팅하고 라이터로 토스팅을 했다. 작은 남자아이는 신이 나는 표정이었고 큰 남자아이는 조금 얼어 보였다. 노인이 시가를 입에 머금고 연기를 볼에 가득 채운 다음 천천히 내뱉었다. 어지러웠다.

"냄새를 맡아 봐."

"좋은데요."

작은 남자아이가 코를 킁킁거리며 말했다. 큰 남자아이의 표정이 누그러졌다. 냄새를 맡아 보는 흉내도 냈다.

"진짜 대마초는 아니죠?"

작은 남자아이가 물었다.

"시가라고 하는 거야. 몬테크리스토 520. 한정판이지."

"담배보다 독해요?"

"프로이트는 시가를 줄곧 피우다가 구강암에 걸렸어."

"프로이트가 누군데요?"

큰 남자아이가 말했다.

"우리 편."

"우리 편요?"

"사랑과 성욕은 구분할 필요가 없다고 말했거든."

"짱이네요."

작은 남자아이가 상자에서 시가를 꺼내며 말했다.

시가 향을 맡은 고양이가 소파로 다가왔다. 아이들은 어리둥절한 표정으로 키득거렸다. 노인은 큰 남자아이에게 자신이 피우던 시가를 건넸다. 작은 남자아이가 시가 머리를 잘라 내고 자신의 라이터로 불을 붙였다.

"삼키지 말고 입에 머금다 뱉어."

"근데 왜 이걸 저희한테 주세요?"

작은 남자아이가 물었다.

"일찍 죽으라고. 나처럼 오래 살지 말고."

큰 남자아이가 연기를 머금다 사레들린 듯 콜록거렸다. 작은 남자아이는 시가를 길게 빨고 입안 가득 향을 품었다. 볼이 풍선처럼 부풀었다. 큰 남자아이보다 배우는 게 빠른 것 같았다.

"저희가 일찍 죽기를 바라서 이걸 주신다고요?"

작은 남자아이는 자신의 손에 들린 시가를 흡족하게 바라보며 웃었다.

"나는 이제 필요 없어."

"왜요?"

"담배 끊었어."

"방금은 뭐예요?"

"조금 전부터 끊었어."

아이들은 어이없다는 표정을 지었다.

"우리도 담배 피우면서 할아버지처럼 오래 살 수 있어요."

작은 남자아이가 다시 한 모금 길게 빨았다.

"내가 오래 살아 보니까 좋은 게 딱히 없어."

노인은 소파에 머리를 기대며 눈을 감았다.

"할아버지가 뭐 그래요?"

큰 남자아이가 웃으며 말했다. 큰 남자아이는 노인이 마음에 드는 것 같았다.

* * *

아이들이 시가를 피우는 동안 노인은 자신이 모나코의 카지노에 있는 모습을 상상했다. 노인이 베팅한 것은 돈이 아니라 수명이었다. 1년, 2년, 3년. 한 번에 5년을 잃기도 했다. 어쩌다 한 번씩 이겼는데 손에 들어온 건 하루 아니면 이틀이었다. 고작 2주일의 수명이 손에 남았을 때 노인은 눈을 떴다.

아이들은 하얗게 뜬 얼굴로 쉴 새 없이 재잘거렸다. 하찮은 단어 하나, 사소한 손짓에도 몸을 사정없이 흔들고 웃었다. 작은 남자아이가 먹을 것이 없냐고 물었다. 노인이 냉장고를 열어 보라고 하자 아이들은 부엌으로 달려가 아무거나 꺼내 허겁지겁 먹었다. 거실은 '아랍의 봄'을 맞은 이집트 같았다. 시가 연기가 자욱했고 음식물이 조각나고 씹히는 소리가 요란했다. 아이들의 먹성에 놀란 고양이가 2층으로 몸을 숨겼다. 그보다 몸집이 조금 작은 고양이는 2층 난간에 앉아 1층을 내려다보았다. 작은 놈은 낯을 가렸다. 노인은 다시 눈을 감았다.

큰 남자아이가 노인을 힐끗거렸다. 눈을 감은 노인의 모습은 흡사 죽은 사람 같았다. 큰 남자아이는 혹시, 하는 표정을 지었다. 그때 큰 남자아이의 휴대폰으로 담임선생의 전화가 왔다. 아이들이 짐을 챙겼다. 작은 남자아이가 시가 몇 개를 가방에 몰래 넣었다. 큰 남자아이는 바닥에 떨어진 음식 부스러기들을 깨끗이 치웠다. 작은 남자아이가 또 와도 되느냐고 노인에게 물었다. 노인은 그러든지, 라고 말했다. 선생의 전화가 없었다면 아이들은 20대가 되어 집을 나섰을지도 모른다. 대문 닫히는 소리가 크게 났다.

노인은 가만히 앉아 있었다. 노인의 휴대폰이 울렸다. 덕이었다.

"식사하셨어요?"

"안 먹었어."

"사과랑 치즈 사 뒀어요. 챙겨 드세요."

"이래라저래라 하지 마."

"그러기 전에 알아서 좀 해요."

"쉬는 날엔 전화하지 마."

노인이 전화를 끊었다. 노인의 하루가 지나갔다.

* * *

노인은 덕과 함께 지냈다. 덕은 노인의 간호인이자 가사를 봐주는 도우미였다. 지금 사는 집을 지을 때부터 노인과 함께했다. 같이 살지는 않았다. 덕은 아침 일찍 노인의 집으로 왔다가 저녁 먹은 그릇을 치우면 자신의 집으로 돌아갔다. 마을버스를 두 번, 지하철을 두 번 갈아타야 했다.

4년 전 덕의 남편은 간암으로 죽었다. 자식들은 뿔뿔이 흩어졌다. 덕은 치매 걸린 노모와 함께 살았다. 오늘내일한 탓에 요양 병원에 있는 노모를 집으로 데리고 왔다. 그리고 2년이 지났다. 덕은 노모에게 자신이 들이마실 산소마저 다 뺏기는 듯 헐떡거렸다. 병원에서는 여전히 오늘내일한다는 말만 되풀이했다. 어쩌다 딸이 자신의 다섯 살 먹은 아이를 데리고 덕의 집에 오면 한참을 울기만 했다. 노모는 손녀를 알아보지도 못하고 그저 쌍년, 이라고만 했다. 알아보고 그러는지는 모를 일이었다. 덕의 딸은 이렇게 대답했다.

"불쌍한 우리 엄마."

덕은 자신이 딸보다 못한 게 무엇인지 묻지 않았다. 딸의 삶은 공중파 일일 드라마에 나오는 못난 딸들의 삶과 다른 데가 없었다. 덕은 월급의 반을 딸에게 보냈다.

* * *

"여기 일 그만둬."

지난가을 덕의 생일 때였다. 노인은 낭떠러지 바로 앞에 있는 문을 노크하는 사람 같았다. 한 발짝 나가면 추락 말고는 도리가 없는. 혼자 산 이후로 유일하게 곁에 있어준 사람이 덕이었다.

"돈은 뭐로 벌어요?"

덕이 냉장고에서 언 홍시를 꺼냈다. 노인이 좋아하는

간식이었다.

"다른 데서 가정부로 일하면 되잖아."

"이만큼 많이 주는 데도 없어요."

덕은 홍시를 칼로 먹기 좋게 다듬어 접시에 담았다.

"내가 그냥 돈을 줄게."

노인은 소파에 붙어 있는 고양이 털을 손가락으로 걷어 냈다. 덕이 소파 앞 테이블에 차와 홍시를 담은 접시를 놓았다.

"왜요? 저 좋아하세요?"

"너도 치매 걸렸냐? 치매 걸린 어머니 없는 사람으로 쓸 거야."

"그냥은 못 받아요."

덕은 노인의 맞은편에 앉아 찻잔을 들었다.

"가서 어머니나 돌봐."

"모신 지 20년이 다 되었어요. 우리 아버지보다 더 오래 같이 살았다고요. 그리고 저 없으면 어떻게 사시려고요?"

"내가 아들이 셋이었지?"

노인은 홍시를 들고 이리저리 살핀 후 입에 넣었다.

"길 가다 마주치면 알아보기나 하시겠어요?"

"걔들은 알아보겠지. 나는 20년 전 그대로니까."

"둘째 아드님 전화 왔어요."

"그걸 내가 알아야 해?"

덕이 노인의 집에 일하러 오면 다른 도우미가 덕의 치
매 걸린 노모를 돌봤다. 노인과 덕은 '보살핌의 사슬'로
연결돼 있었다. 노인은 이것이 마음에 걸렸다. 그러나 자
기 뜻을 끝까지 관철하려는 의지는 약했다.

노인과 덕은 멀리서 보면 부부 같았고 가까이서 보면
친구 같았으며 대충 보면 부녀 같았다. 둘은 일주일에 한
번 정도는 식탁에서 같이 밥을 먹었다. 익숙해질 만도 한
데 둘 다 어색한 순간이 문득문득 찾아왔다. 덕도 노인도
서로에 대해 가지는 감정이 어떤 종류의 것인지 알아보려
하지 않았다. 피했다.

덕은 노인이 필요한 곳에, 필요한 일에 항상 있었다. 덕
은 지치지 않았고 망설이지 않았다. 노인에 대해서라면
덕이 모르는 것은 다른 누구도 몰랐고, 심지어 노인 자신
이 의식하지 못하는 것조차 덕은 알고 있었다.

노인은 덕이 집을 비우기라도 하면 어린아이처럼 책
을 펼쳤다가 덮거나, 서랍을 열었다가 닫거나, 소파를 뒤
집었다가 바로 하거나, 물을 마셨다 뱉거나 했다. 덕이 없
거나 먹는 일도 걷는 일도 지치면 고양이들을 불러 대화

를 했다. 고양이들이 턱이 떨어질 만큼 하품하면 대화는 그걸로 끝이었다. 세 사람만이 이 집을 드나들었다. 노인, 덕, 담당 주치의. 그 외에는 정수기나 매트리스를 주기적으로 봐주는 사람들밖에 없었다.

* * *

매일 아침, 노인은 거실 창가에 앉아 일출을 기다렸다. 판타지 영화의 한 장면이 노인의 머리를 스쳐 갔다.

해가 산산조각 나고 달이 쪼그라든다. 하늘과 바다는 온갖 것의 시체를 머금고 처참히 산화한다. 세상은 어둠에 잠긴다.

또 다른 영화도 떠올랐다.

거대한 행성이 지구를 향해 점점 다가온다. 사람들은 도망갈 곳이 없다. 무력감이 사람들을 짓누른다. 불타는 행성이 바로 눈앞까지 닥친다. 그리고 쾅.

노인은 코로 숨을 들이쉬고 입을 벌려 길게 내뱉었다. 천천히 눈을 뜨고 창 너머로 펼쳐진 세계를 바라보았다. 어두운 하늘이 둘로 갈라지며 언덕 아래로 빛이 스며들었다. 건물들의 윤곽이 뚜렷해지고 가로등이 하나둘 꺼졌다. 노인은 다시 눈을 감았다. 사람들이 하품하며 텔레비

전을 켰다. 일찍 집을 나선 사람들의 기침 소리에 개들이 짖었다. 얼어붙은 땅이 녹으며 쩍쩍 갈라졌다. 노인은 귀를 막았다. 마을버스가 사람 없는 정류장을 지나쳐 달리고 교대 시간이 다 된 택시가 속도를 높였다. 차가운 공기가 숨을 곳을 찾아 두리번거렸다. 노인은 입마저 다물었다. 어제와 똑같은 세계가 똑같은 방식으로 부활했다. 어제와 같은 오늘, 오늘과 같은 내일이 끝없이 계속되었다. 노인과 세계는 이런 식으로 마주하다 둘 중 하나가 꺾일 것이었다. 긴 시간이 필요한 일은 아니었다.

해가 산등성이 너머로 제 모습을 완전히 드러내면 노인은 한없이 무기력해졌다. 증오도 들끓었다. 자신이 죽은 이후에도 멀쩡할 세계는 폭탄 세일이 막 끝난 백화점 같았다. 쓸모없었다. 나는 죽고 세계는 남는다. 이 태고의 진리가 이해되지 않는 순간이 찾아와 남은 기력마저 앗아 갔다.

노인의 가까운 친구들은 모두 죽었다. 곁에서 그들의 죽음을 다 지켜보았다. 간암에 걸려 죽고, 폐렴으로 죽고, 계단에서 굴러떨어져 죽었다. 노인에게 두 마리의 검은 고양이를 맡긴 친구는 3년 전에 뇌졸중으로 죽었다. 노인의 마지막 친구였다. 가족들은 노인이 떠나왔다. 물론, 아내는 아니었다. 아내는 스스로 떠났다. 노인은 이러나저러나 혼자인 세계의 멸망을 바라 왔다. 세계의 멸망이 곧 나의 죽음이 되었으면 했다.

일본의 기대 수명에 닿을 날은 머지않았다. 강도 살인, 납치 살인, 퍽치기를 당하거나 벼락만 맞지 않는다면 모나코도 따라잡을 것 같았다. 모나코는 노인이 이해하기 어려운 나라였다. 남녀 모두 기대 수명이 90이었다. 많은 나라를 돌아다녔지만, 모나코는 아직 가 보지 못했다. 노인은 그들이 신의 입김으로 빚은 햇살을 받으며 신의 피로 만든 물을 몰래 마시는 것으로 생각했다.

기대 수명이 점점 늘어나는 것은 노인에게 축복이 아니라 저주였다. 노인이 고통스러운 것은 건강해서 할 수 있는 일들의 목록이 없다는 점이었다. 돈은 충분했다. 지금까지 쓴 돈보다 더 많은 돈이 아직 남아 있었다. 인생은 70부터라는 광고를 보며 노인은 중얼거렸다.

"그럼 이제 중학교에 입학해 모래 먼지 풀풀 날리는 운동장에서 축구공만 차면 되냐?"

노인은 축구 대신 수영을 하고 철봉에 매달렸다. 노인이 운동하는 모습은 마치 해머 벤치를 사용하는 데카르트 같았다. 신중하고 치밀했으며 전력을 기울였다. 땀을 뻘뻘 흘렸다. 턱걸이할 때면 목에 힘줄이 솟으며 탄식이 터져 나왔다.

24

"숟가락이 무거웠나? 아님 아직 밥상 엎을 일이 남았어?"

노인은 하루도 거르지 않고 철봉에 매달렸다. 오래 살고자 하는 의지의 발현이 아니냐고? 시작은 그랬어도 지금은 아니었다. 반세기를 견뎌 낸 습관이 노인의 몸을 밀고 나갔다. 언제부턴가 사는 것도 습관처럼 여겨졌다. 먹고, 자고, 걷고, 먹고, 걷고, 또 걷고.

어떤 날은 사는 이유를 생각해 냈다. 다음 날엔 또 잊어버렸다. 이제 이유는 중요하지 않았다. 먹는 것의, 사는 것의 의미는 조난당한 선원의 수영복처럼 부질없었다.

* * *

어제와 같은 아침이 시작되었다. 잠시 후, 일부가 드러난 해는 여자의 배를 베고 누워 올려다본 가슴 같았다. 노인은 숨을 죽이고 눈에 힘을 주어 초점을 모았다. 노인은 왼팔을 뻗어 해의 윤곽을 더듬었다. 해는 아직 낮은 둔덕에 가까웠다. 주변 공기가 야릇하게 변해 갔다. 의자 손잡이를 잡고 있던 오른팔에 힘을 주어 몸을 살짝 일으켰다. 해를 향해 뻗은 왼팔이 뻐근했다. 잠시 후 반달 같은 해가 모습을 드러냈다. 온전한 가슴의 형태였다. 노인은 뭉글

25

뭉글한 가슴에 넋을 잃었다. 노인이 중얼거렸다.

"수많은 노인네가 이걸 보려고 아침마다 앞산을 오르는 것인가. 멈춰라, 멈춰라, 멈춰라!"

해는 순식간에 산마루에 작별을 고했다. 솟아오른 것은 해뿐만이 아니었다. 노인의 몸 어딘가도 솟아올랐다. 이건 예상 밖의 일이었다. 일출을 본 것이 아니라 삼류 에로 영화를 본 것 같았다. 노인은 허리 아랫부분을 멍하니 바라보았다. 그제 밤의 대화를 기억하고 있다는 듯 하체는 수그러들 기색이 없었다.

"저랑 자고 싶어요?"

"그래."

"전 싫은데."

"자자고 안 그랬어. 자고 싶은 건 내 마음이고."

"할 수는 있어요?"

"궁금하냐?"

"하하. 그만두세요."

"이걸 덮칠까, 말까?"

노인은 덮고 있던 무릎 담요를 끌어 올려 얼굴에 뒤집어썼다. 고양이들이 말했다. 이걸 덮칠까, 말까?

* * *

일출은 끝났고 거실은 환해졌다. 반쯤 녹은 눈이 햇빛을 반사해 고양이의 코끝이 번들거렸다. 노인은 의자를 박차고 일어났다. 거실의 암막 커튼을 신경질적으로 닫았다. 어스름이 돌아왔다. 노인은 부활하는 세계로의 편입을 거절했다. 거실 오른쪽 벽에 걸려 있던 바바라 크루거의 타월이 소리쳤다.

CALL ME!

COOL ME!

HEAT ME!

MEET ME!

LIKE ME!

LOVE ME!

* * *

노인이 사는 단독주택 2층은 더블 사이즈 침대와 탁자, 복제 그림이 걸려 있는 게스트 룸과 작은 거실, 천장이 높은 서재, 히노키 욕조가 구비된 욕실, 스크린이 설치된 오디오실 겸 AV룸으로 구성되어 있었다. 내부 계단을 오르면 정면에 보이는 것이 서재였고 그 옆에 게스트 룸이 붙어 있었다. 거실 왼편으로는 화장실과 오디오실이 나란히 있었다. 2층 거실은 화이트 톤으로 내장재를 마감했다.

노인이 2층 서재로 가는 내부 계단을 한 칸씩 오를 때마다 바람 빠진 오르간 연주 소리 같은 것이 들렸다. 계단이 낡거나 삐걱거리는 목조여서 나는 소리가 아니었다. 이 집을 처음 지을 때 제일 신경 쓴 것이 인테리어였다. 젊은 놈이 쓰면 클래식하고 노인네가 쓰면 칙칙하단 소릴 들을 수 있는 소품은 다 갖다 버렸다. 내부 계단도 마찬가지였다.

"이 프레임으로 하시면 발이 빠질 수도 있고, 또 혹시라도 떨어지면 크게 다칠 수 있습니다."

"그게 내 소원이야. 떨어져서 끽 죽는 거."

노인과 건축가는 건축 사무소 응접 테이블에 앉아 같은 말을 반복하고 있었다.

"직선으로 하시는 게 좋다니까요."

건축가는 노인의 첫째 아들 친구였다. 개인 사무실을 둔, 제법 잘나가는 축에 속했는데 지금은 시골에 처박혀 목제 의자를 만들었다. 50 후반의 남자가 만드는 20대를 위한 의자였다. 안 팔렸다.

"곡선. 소용돌이."

노인이 테이블 맞은편 책상에 앉아 있는 여직원의 다리를 쳐다보며 말했다.

"이 정도 회전이면 소방관들도 어지러워해요."

"철제로 하는 거 빼먹지 말고."

"사무실에 젊은 부부들이 자주 와요. 어디서 구했는지 설계 도면 몇 개와 인테리어 잡지에서 찢은 페이지들을 들고요. 둘이서 뭐라고 뭐라고 이야기를 해요. 그럼 제가 한번 볼까요? 하며 말을 막고 손에 든 것을 보면 방금 말씀하신 계단이 거기 있어요. 예외가 없어요. 필요성이나 적합성 따위가 아름다움과 무슨 관계냐는 식이에요. 이건 철 안 든 사람들을 위한 계단입니다. 미래가 행복으로 뒤덮여 있을 것이라는 사고의 결과라고요."

"철 안 든 노인도 있어."

"발 딛는 곳은 무조건 넓어야 합니다."

"날렵하게. 닥치고 내 말대로 해."

인테리어 사무실에는 오페라 「장미의 기사」 중 「내게 명예를 주었노라」가 거슬리지 않을 정도의 볼륨으로 흐르고 있었다. 건축가는 의자에서 일어나 노인의 귀에 대고 속삭였다.

"다리 좀 그만 보세요."

노인은 마지막 술잔을 건네듯 건축가에게 악수를 청했다.

* * *

"미르 이스트 디 에흐 위더파렌 다스 이스트……."

발 디딜 곳이 좁으며, 소방관도 어지러워할 곡선의 철제 계단을 다 오르고 나서도 소리는 계속 들렸다. 건축 사무소에서 들었던 노래였다. 노인은 가사도, 멜로디도 마음대로 바꿔 흥얼거렸다.

* * *

서재는 3면의 붙박이 책장이, 세로로 긴 책상과 의자를 둘러싼 형태였다. 8단 책장은 광택이 나는 철제였다. 정면의 책장은 서점처럼 책들이 분류되어 있었다. 역사, 문학, 철학, 의학, 요리. 오른편 책장엔 월간으로 나오는 패션 잡지와 건축 잡지, 지금은 폐간된 영화 잡지가 층별로 꽂혀 있었다. 마차 바퀴 같은 것이 달린 흔들의자는 책상 왼편에 놓여 있었다. 주로 낮잠을 잘 때 쓰는 의자였다. 노인은 왼쪽 책장 앞에 서서 위에서부터 아래까지 훑어

보았다.

"네비레트, 리피토, 세비카, 포시릴, 심바스타틴, 무코스타, 니세틸, 자누메트."

노인은 리피토를 꺼내 들고 주의 사항을 읽어 보았다.

"관상동맥 심장 질환에 대한 임상적 증거는 없으나, 관상동맥 심장 질환의 다중 위험 요소가 있는 성인 환자의 심근경색증에 대한 위험성 감소, 뇌졸중에 대한 위험성 감소, 혈관 재생술 및 만성 안정형 협심증에 대한 위험성 감소."

왼쪽 책장엔 책이 아니라 약이 진열되어 있었다. 약국 한쪽 벽을 떼어다 붙여 놓은 것 같았다. 노인은 약병 뚜껑을 열어 냄새를 맡아 보았다. 약 냄새는 비슷비슷했다. 이 약들은 노인의 남은 인생을 지탱해 주는 설계도였다. 책장을 펼칠 때는 나른한 잠이 찾아왔지만 약병 뚜껑을 돌릴 때는 생기가 샘솟았다. 약 냄새가 피를 자극하면서 서재에서 욕조로, 욕조에서 침실로, 침실에서 거실로 가느다란 모세혈관이 무한히 뻗어 나갔고 적혈구와 백혈구가 그 위로 돌진했다. 핏빛 햇빛이 2층을 감싸며 집 전체에 다시 혈색이 돌았다. 약을 보고 있으면 낙관주의자의 일기장처럼 헛된 희망이 가득 찼다. 아픈 것이 죽기보다 싫었다. 모든 노인은 아픔 없는 죽음을 꿈꿨다. 리피토를 다시 제자리에 두고 심바스타틴을 꺼내 또 냄새를 맡아 보았다. 주의 사항도 꼼꼼히 읽었다.

세계의 멸망과 부활, 진절머리와 발기, 절망과 그리고 헛된 희망. 노인은 아침나절에만 감정의 천년 역사를 썼다. 노인이 세상을 바라보는 태도에는 법칙도, 도덕도, 일관성도 없었다. 죽음도, 여자도, 심지어 자신을 대할 때도 마찬가지였다. 일관된 생각이라곤 위에서 내려다보면 무엇 하나 별것 아닌 높이와 깊이를 가졌다는 것 하나였다. 희망 없는 낙천주의자, 쾌락 없는 쾌락주의자, 절망 없는 비극주의자. 사는 것이 시작이고 끝이며 전부였다.

* * *

노인은 진이 초대에 응한다고 해서 달라질 건 없다고 생각했다.

냉장고에서 사과와 브리 치즈를 꺼냈다. 사과는 반으로 쪼개고 나머지는 클린 백에 담았다. 나머지 반쪽은 껍질째 얇게 잘랐다. 브리 치즈는 사과 슬라이스의 절반 크기로 잘라서 사과 위에 올렸다. 직접 열탕에 달여 만든 구기자차를 찻잔에 따랐다. 구기자차는 몸에 열이 많은 편인 노인에게 어울린다고 담당 주치의가 추천해 준 차였다.

노인은 꼼꼼하게 씹었다. 잘게 자르고 부숴서 즙을 만들어 삼켰다. 사과의 아삭함과 브리 치즈의 부드러움, 구기자차의 달콤함이 입안 전체를 가득 채우고 식도로 내려가 몸 구석구석에 퍼졌다. 노인이 마지막 사과 조각을 포크로 집어 입에 넣었다. 순간 서글픈 생각이 스쳐 갔다.

"이딴 걸 먹고 살아야 하나?"

노인은 욕실로 갔다.

* * *

히노키 욕조에 물이 반쯤 찼다. 욕조는 성인 셋이 들어가도 넉넉할 만큼 컸다. 반신욕을 할 물이었다. 반신욕은 노인같이 혈압이 높은 사람들에게 좋았다.

노인은 60대 이상 노인들의 설문 조사를 바탕으로 쓴, 좋은 죽음에 관한 논문을 읽은 적이 있었다. 설문 조사 대상 중 노인보다 나이 많은 사람은 몇 퍼센트 되지 않았다. 노인은 60대 노인들에게 철없는 놈들이라고 욕할 때 가장 기분이 좋았다. 언제든 계속하고 싶은 말이었다. 노인이 보기에 그 논문은 철없는 놈들의 생각이 담긴 것이었다.

60퍼센트 이상이 편안한 모습으로 죽는 것을 꼽았다. 걱정 없이, 아픔 없이, 자다가 죽는 것. 노인은 걱정이 없었고, 아픈 데도 없었다. 노인은 욕조 옆 탁상에 있던 메모지에 "반신욕하다 죽는 것"이라고 썼다. 노인의 메모지는 사생팬의 수첩처럼 빽빽했다.

두 번째 좋은 죽음은 주변 사람을 배려하는 죽음이었다. 배우자와 비슷한 시기에, 폐 끼치지 않고, 좋은 사람으로 기억되며 죽는 죽음을 말했다. 폐는 자식들이 자신에게 끼치고 있었다. 첫째는 물려준 회사를 말아먹고 있었고, 둘째는 옆에서 같이 말아먹고 있었으며, 막내는 그 둘에게 치여 말아먹는 시늉밖에 못했다. 누구에게나 좋은 사람으로 기억되고 싶은 마음 역시 노인에게는 없었다. 자식들도 그 누군가에 속해 있었다. 다시 메모했다. "미학적 죽음." 죽음은 회피한다고 될 일이 아니라는 것을 노인도 알고 있었다. 이 문제를 재정립해야 했다. 질문을 바꾸는 것이다. 언제 어떻게 죽느냐가 아니라 남은 생을 어떻게 사느냐로. 남은 날이 있다는 전제에서나 가능한 질문이었다. 노인은 머리를 절레절레 흔들었다.

온도계로 물 온도를 확인한 후 발부터 담갔다. 가슴 바로 아래까지 물이 차올랐다. 코끝에서부터 땀이 나기 시작했다. 눈을 감았다. 진의 목소리가 들려왔다.

"누구예요? 일본 사람?"

"비트 다케시라고도 하지. 영화감독인 척하는 야쿠자야."

"야쿠자도 아세요?"

"오부치 게이조라는 일본 총리가 있었어, 나랑 비슷한 연배인데 먼저 죽었지. 내가 이겼어. 하. 근데 이 기타노 다케시가 이 사람을 만나고 나서 한 말이 있어."

"야쿠자가 총리도 만날 수 있어요?"

"그놈이 좀 웃긴 놈이었거든. 계속 듣고 싶으면 입 좀 다물고 있어."

"뭐라고 했어요? 사시미로 회를 떠 버리겠다고?"

"해변에서 먹는 라면 같다고 했어."

"그게 무슨 말이에요?"

"기대하지 않았는데 생각보다 맛있었다는 거지."

그때 노인은 카페에서 캐모마일 차를 마시고 있었다. 캐모마일 차는 두통에 좋았다. 진은 춘자라는, 다방 커피를 흉내 낸 냉커피를 마시고 있었다. 춘자는 이 동네에서 가장 커피 맛이 좋은 카페의 기획 상품이었다. 평소에 시럽은 거들떠보지도 않던 사람들이 허겁지겁 춘자를 마셨다. 노인은 진짜 맛있는 커피가 있다며 진을 카페에 데리고 온 참이었다.

"이거 진짜 맛있네요."

진은 노인의 말에 별다른 대꾸 없이 연신 춘자를 빨대로 빨아 댔다. 잘게 부서진 얼음 조각들 사이로 남은 커피가 핏줄처럼 흘러다녔다. 노인은 캐모마일 차가 담긴 잔에 먼지가 앉아 있다는 걸 과학적으로 입증하려는 듯 뚫어지게 바라보았다. 먼지는 없었다. 진이 마침내 말했다.

"기대보다 좋았던 적은 인생에서 딱 한 번뿐이었어요."

"아이 이야기라면 하지도 마. 지겨워."

"정말 아플 줄 알았는데 생각보다 덜 아픈 거예요. 그치, 아가?"

아이는 유모차에 기대어 편히 자고 있었고, 노인은 과거에 믿어 왔던 생각들이 꿈처럼 사라지는 것을 느꼈다.

2

"저녁 뭐로 할까? 퐁듀?"

노인의 미간에 주름이 잡혔다. 농담하거나 짓궂은 말을 할 때 나타나는 노인만의 표정이었다.

"그게 요리야? 이것저것 고추장에 찍어 먹는 거랑 똑같지."

노인은 손가락을 꽉 움켜쥐었다.

"전채 요리는 이탈리아식, 메인은 스페인식, 디저트는 미국식으로 할 거야. 안 웃겨?"

움켜쥔 손을 목 부위까지 끌어 올렸다. 핏줄이 붉어졌다.

"치즈는 그뤼에르로 해야지."

아랫배에 힘을 주었다. 발가락을 힘껏 오므렸다. 발바

닥 앞부분이 양털 융단 위에서 살짝 떨어졌다.

"멜론 프로슈토하고, 훈제 연어로 해야겠어. 너무 기름진가?"

긴 한숨이 입에서 새어 나왔다.

"식전주는 페르노랑 보드카 섞어서. 한 잔 정도는 괜찮아. 약이지 뭐."

온몸에 힘이 빠진 듯 축 처졌다.

"좋아할 만한 걸로 해야 하는데 못 물어봤어. 신 났냐고?"

들뜬 목소리가 습한 공기를 타고 번지듯 퍼져 갔다. 노인은 변기에 앉아 있었다. 볼일 보는 것은 가장 힘든 운동이었다. 긴 시간이 곤욕과 모욕으로 점철되었다. 그래서 가능한 한 적게 먹었다. 변기에 앉으면 습관처럼 전화를 했다. 유일하게 휴대폰을 사용하는 때였다. 평소와 달리 말을 많이 했다. 듣는 사람의 됨됨이를 짐작하게 하는 통화였다. 노인은 일기를 쓰듯 끝도 없이 떠들었다. 밥은 무엇을 먹었는지, 날씨는 어떤지, 고양이들은 기지개를 몇 번이나 했는지 등 시시콜콜한 것을 다 말했다. 노인의 아내는 묵묵히 들어주었다. 부처님 오른편에 앉아 있는 사람 같았다. 예의상으로라도 아내의 안부 따위는 묻지 않았다. 자신의 말을 다 마친 노인은 나중에 또 할게, 라고 말하며 전화를 뚝 끊었다.

변기의 내용물을 확인했다. 볼륨이 약했다. 노인은 혀를 찼다. 비데의 물을 내렸다. 손을 항균 비누로 깨끗이 씻은 후 원형 거울에 비친 자신의 얼굴을 찬찬히 살폈다. 자신을 표현할 수 있는 단어가 하나도 떠오르지 않았다. 코가 크지는 않았지만, 눈은 깊었다. 양쪽 눈에 쌍꺼풀이 있었다. 쌍꺼풀이라기보다는 눈꺼풀이 늘어난 듯 보였다. 머리는 이마가 조금 넓어진 정도였다. 길지 않은 백발 아래로 짧은 구레나룻이 뻗어 있었다. 눈과 입가에 주름이 손금처럼 퍼져 있었다. 자신을 표현할 수 있는 단어가 떠올랐다. 목욕재계하고 깔끔하게 면도를 한 늙은 인디언 추장 같았다. 명민한 기운에 눈빛이 맑았다.

노인은 거울에 비친 자신의 눈을 똑바로 바라봤다. 조금 있다가 따귀라도 한 대씩 주고받을 기세였다. 현실의 노인이 한 발 물러섰다. 피식 웃었다. 플라톤은 웃음에 의해 나라가 멸망할 수 있다는 두려움에 떨었고 그래서 웃음에 의해 조롱받을 수 있는 신과 영웅들을 기록에서 제외했다고 한다. 아니라는 사람도 있었다. 노인의 생각엔 전자의 말이 맞는 것 같았다. 웃음은 모든 것을 부수고 다시 재조립했다. 웃음으로써 노인은 마음을 가라앉혔다. 웃음으로 모든 것을 멸망시키겠다는 듯 노인은 또 웃었다.

                    * * *

　시원한 것, 따뜻한 것, 찬 것. 노인은 저녁 요리를 이 세 파트로 구성할 생각이었다. 진이 좋아하는 것이 무엇인지 묻지 않은 게 아쉬웠다. 전화하면 안 오겠다는 말이 나올 것 같아 겁이 났다. 치매 걸린 노인처럼 골목길을 헤맨 것도 안절부절못하는 마음 때문이었다.

　노인은 혼자 살면서부터 직접 요리를 하기 시작했다. 처음엔 한국 음식을 해서 먹었다. 한동안은 즐거웠다. 2년이 지난 후, 식탁에 오른 반찬과 국을 보면 서러워졌다. 성수기가 지난 해변의 방파제에 커다란 식탁을 펴 놓고 혼자서 진수성찬을 먹는 것 같았다. 끈적끈적한 바람에 머리가 자꾸 엉겨 붙는 느낌이었다. 식탁에 앉으면 최대한 빨리 벗어나고 싶었다. 밴댕이젓을 먹다 말고 강화도로 간 적도 있었다. 아직 여물지 않은 60대 초반의 일이었다.

　한국 음식은 그만두고 손쉬운 스파게티부터 배웠다. 양파와 토마토 페이스트만 있으면 이탈리아 요리는 다 된다고 생각한 후부터는 스페인 요리를 따라 했다. 인도 빵인 난이 좋아 집에 화덕을 설치할까 고민한 적도 있었다. 노인이 혼자 산 이후로 꾸준히 일기를 썼다면 그 일기의 제목은 '20년의 레시피'가 어울렸다. 하루 세끼 무엇을 어떻게 먹었는가를 쓰면 지난 20년은 설명이 다 되었다.

"취청오이 세 개."

오이 수프 재료였다. 오이는 금방 시들해져서 필요할 때 사서 썼다. 노인은 메모지에 장 볼 목록을 적었다. 취청오이 수프는 즙이 많아서 더 시원한 맛이 났고 다음으로 어떤 음식을 먹어도 위의 부담이 적었다. 노인은 오이에 관한 서양의 오랜 미신을 떠올렸다. 오이가 잘 자라고 못 자라고는 파종자의 힘이 좌우한다, 그래서 남자가 길러야 한다는 것이다. 특히 월경 중인 여자가, 바람피운 남편이나 남자 친구가 밉다고 그들이 기른 오이 곁에 서면 오이가 말라 죽는다고 했다. 남자의 성기가 오이를 닮아서 생긴 농담일 것이다. 노인은 진이 출산 후 월경을 시작했는지 궁금했다. 여자가 노려보고 있는 오이가 된 기분이었다.

"멜론 한 개."

멜론은 냉장고에 둬도 살모넬라균이 금방 올랐다. 필요할 때 사고 남은 건 버렸다. 프로슈토는 냉장고에 남은 게 있으니 멜론을 사서 모양만 내면 되었다. 레몬도 필요했다.

다음으로 메인 요리 목록을 작성했다.

"해산물이 하나 있는 게 좋겠지. 아구 두 마리."

아구 대가리뼈가 육수를 낼 때 필요했다. 아구 머리뼈 육수는 비린내가 적고 깊은 맛이 났다.

"월계수 잎, 홍합, 새우, 사프란."

해물 파에야를 만들 재료였다. 해물 파에야는 레시피를 정확히 외우고 있을 정도로 노인이 좋아하는 음식이었다. 노인은 나머지 재료가 냉장고에 있는지 하나하나 확인했다.

마지막으로 디저트 목록. 노인은 아이스크림이 남았는지 냉동실을 확인했다.

"이것은 나의 저녁이다. 곧 나의 밤이 시작된다. 솟아올라라, 위대한 저녁아!"

노인이 기분 좋게 중얼거렸다. 차라투스트라가 한 말에서. 아침을 저녁으로, 낮을 밤으로, 정오를 저녁으로 바꾼 것이었다. 아이스크림은 남아 있지 않았다. 메모지에 녹차 아이스크림이라고 썼다. 제과점에서 직접 만든 것을 살 생각이었다.

"딩동딩동."

초인종이 울렸다. 시계는 11시를 가리키고 있었다. 고양이 밥 줄 시간이었다.

인터폰 화면 위로 낯익은 남자의 얼굴이 나타났다. 남자는 두꺼운 파카를 입고 있었고 희끗희끗한 머리가 앞뒤

로 대충 붙어 있었다. 키가 작고 몸통이 굵어 단단해 보였
다. 60대 중반 같았지만, 행색은 향냄새를 맡기 직전의 모
습이었다.

"아직 살아 계셨네."

남자가 활짝 웃었다. 한 번도 비굴해 본 적 없는 척하
는 사람의 웃음이었다. 이 남자는 잊을 만하면 노인의 집
을 찾아왔다. 남자와 노인의 인연은 몇 달 전 산책 길에서
시작되었다. 노인은 점심을 먹은 후 집 주변 성곽 길을 걷
고 있었다. 그때 성곽 공원 정자에서 이 남자가 다른 노인
의 멱살을 잡고 얼굴에 주먹을 날리는 모습을 보았다. 노
인은 순간 이성을 잃고 구경하는 사람들을 비집고 들어가
남자를 거칠게 밀었다. 남자는 정자 턱에 걸려 비틀거렸
고 결국 성곽 경사로로 굴러떨어졌다. 크게 다치지 않아
합의금을 주는 선에서 마무리했지만, 그날 이후 남자는
툭하면 노인의 집에 찾아와 이죽거렸다. 노인은 소일거리
삼아 남자를 상대해 주었다.

"한 달 만인가? 그동안 뜸해서 나는 당신이 죽은 줄 알
았지."

"사는 게 바쁘니까."

"그래, 오늘 주제는 뭐지?"

"오늘은 부탁이 와서 왔지. 우리 신문 좀 보는 게 어때

요?"

노인은 바로 인터폰을 끊고 고양이 밥을 주려고 돌아섰다. 큰 놈이 이미 밥그릇 앞에 앉아 있었다. 또 울리는 초인종. 화면엔 여전히 싱글거리는 남자의 얼굴.

"내가 지난날은 다 잊어 드릴게. 같이 늙어 가는 처지잖아요? 신문 좀 봐요. 문 닫게 생겼어. 당신이 준 합의금도 다 썼고 집도 전세로 옮겼어. 이젠 더 팔 것도 없어."

"저번에 어떤 놈이 신문을 문 앞에 그냥 던져 놓고 갔더라고. 한 2주일 쌓였지."

"우리 집 애들이 좀 열심히 하죠. 걔들도 굶어 죽게 생겼어. 돈도 많잖아. 신문 하나 봐요."

"많은 노인네가 아침 신문을 보고 이렇게 말해. 아니, 내가 죽어서 벌써 지옥에 떨어진 건가? 좋은 신문은 쾌적한 지옥과 똑같은 말이야."

"이 동네에서 신문 보는 사람 대부분이 노인네들이야. 세상 돌아가는 거 노인네들이 더 잘 알아요."

"걔들한테 관심 좀 끄라고 해. 애들이 알아서들 하게. 고래고래 소리도 그만 지르고. 애들은 지들이 만든 세상 똥 치우는 것도 바빠."

"그럼 분노는 누가 해? 분노는 노인의 몫이지. 애들은 취직한다고 바쁘잖아요. 노인이 아니면 누가 분노하겠어? 태극기 흔들어 봤어요?"

"군에 있을 때도 안 흔들었어."

"육군?"

"공군."

"우리 공군 역사가 그렇게 오래되었나?"

남자는 지저분한 손수건을 꺼내 코를 풀고는 다시 주머니에 넣었다.

"애들은 모르는 어른들만의 역사가 있는 법이지."

노인은 이 남자에게 지고 싶은 생각이 없었다.

"우리 이야기가 좀 통하네. 신문을 보면 더 통할 것 같은데. 친구분들하고 이야기라도 하시려면 신문을 보셔야지. 우리가 여자랑 잔 이야기를 할 나이는 지났잖아."

"친구 없어. 그리고 당신과 통하는 건 갈 날이 얼마 남지 않았다는 거뿐이야. 꼴을 보니 내가 더 오래 살겠지만."

남자는 대화가 즐거운 듯했다. 언덕 아래서 올라온 차가운 바람이 남자의 왼쪽 뺨을 스치고 지나갔다. 얼얼할 정도의 바람이었다. 남자는 다시 손수건으로 코를 푼 후 왼쪽 주머니에서 담배를 꺼내 입에 물었다. 얇고 긴 담배였다. 라이터를 찾는 듯 바지 주머니를 뒤적거렸다. 못 찾는 척하는 것 같았다.

"라이터가 없네. 불 좀 빌려 주세요."

"담배 안 피워."

"저번에 피우는 거 봤어요. 시가?"

남자는 바지 주머니에서 라이터를 꺼내 불을 붙여 한 모금 빨곤 인터폰 카메라에 대고 연기를 날렸다. 노인은 이 남자에게 흥미를 느꼈다. 남자가 담배 연기를 또 인터폰 화면 위로 날렸다. 이번에는 성경을 태워 버린 목사의 웃음을 지었다.

"한가하지?"

"아유, 할 일이 너무 많아."

"시간 내서 경찰서 구경이나 한 번 더 할래? 아니면 다른 데 앵벌이나 더 다닐래?"

"다음에 오지. 신문 꼭 보시고."

"잘 가."

남자는 또 한 번 인터폰 화면 위로 연기를 날렸다.

* * *

노인은 고양이에게 밥을 주고 장 보러 나갈 준비를 했다. 옷을 신중하게 선택했다. 목도리와 장갑의 패턴을 맞추었다. 색깔은 맞추지 않았다. 방한용 바지, 네이비 터틀넥, 그 위에 검은색 구스를 입었다. 외출한 김에 점심은 국숫집에 들러 해결할 생각이었다. 제주도에서 보내온 흑돼지로 육수를 내고 수육을 만드는 곳이었다. 벌써 몸 안이 따뜻해지는 느낌이었다.

차고 문을 열었다. 차에 시동을 걸었다. 2년 전 둘째 아들이 바꿔 준 차였다. 원래 있던 차는 산 지 10년이 다 된 차였다. 차 욕심은 없었다.

자동차는 시동이 켜진 줄도 모를 정도로 조용했다. 노인이 길거리를 다닐 때 제일 무서워하는 차였다. 다가오는 소리가 들리지 않았다. 노인 살상용 차였다. 헤드폰 끼고 다니는 애들도 주요 목표물이었다. 둘째 아들은 뉴질랜드 바닷속에 사는 젤리 새우 같았다. 투명해서 속이 다 들여다보였다. 세 아들 중 자신을 가장 닮은 자식이었다. 노인은 자식들에게 더는 어떤 것도 해 줄 생각이 없었다.

차고를 빠져나왔을 때 망해 가는 신문 보급소의 남자는 보이지 않았다. 숨어 있다 다가와서 뒤통수라도 칠 줄 알았다. 노인은 자신을 똑똑하다고 생각하는 놈만큼 멍청한 사람은 없다고 믿었다. 외투 오른쪽 주머니에 있던 전기 충격기를 꺼내 글러브 박스에 넣었다.

노인이 전기 충격기를 가지고 다니게 된 사연은 이렇다. 한번은 아침을 먹은 후 산책하다 마주 오던 20대 중반의 젊은 남자와 어깨를 부딪쳤다. 차도 옆길은 두 명이 사이를 두고 걷기에도 좁았다. 남자는 슈트를 입고 있었다. 슈트만 입는 사람들이 가지고 있는 점잖은 권태로움이 느껴지는 얼굴이었다. 노인은 고개를 살짝 까딱이고 지나쳤다. 젊은 남자의 입에서는 소크라테스의 산파법에 충실한 말이 흘러나왔다. 꼬리를 무는 질문의 연속이었다.

"죽고 싶어? 죽으려면 집구석에 처박혀 곱게 죽지 왜 나왔어? 꼴에 더 살아 보겠다고 기어 나왔어? 그럼 기어 다니지 왜 두 발로 걸어?"

노인은 어리둥절했다. 부모가 슈트 살 돈도 주고 철학도 열심히 가르친 것 같았다. 무시하고 지나쳤지만, 가슴속에서 뭔가가 와르르 무너졌다.

10미터쯤 갔을 때 왼편으로 골목길이 나 있었다. 노인은 뒤를 돌아보았다. 애초부터 대답을 요구한 질문이 아니었으니 남자 역시 가던 길을 가고 있었다. 노인은 남자를 불렀다. 남자가 뒤돌아봤다. 노인은 손가락을 까딱거렸다. 젊은 남자는 어이없다는 표정으로 노인을 향해 걸어왔다. 노인은 골목으로 들어갔다. 양옆으로 허름한 집이 있었고 두 집이 끝날 때쯤 오른쪽으로 꺾이는 길이 보였다. 노인은 모퉁이까지 걸어갔다. 젊은 남자가 골목길 안으로 들어왔다. 또 욕을 했다. 이번에는 산파법이 아니라 니체식이었다. 단정 짓고 해체했다.

노인은 오른쪽 코너를 돌아가 기다렸다. 젊은 남자의 발걸음이 빨라졌다. 젊은 남자가 모퉁이를 막 돌아설 때 노인은 남자의 옆구리에 주먹을 꽂았다. 스텝 없이 상체만 왼쪽으로 회전시켜 오른손으로 날린 어퍼컷이었다. 소크라테스와 니체를 이해한 젊은이에게는 너무한 일이었지만 직립보행에 대한 모욕은 참을 수 없었다. 남자는 갑작스러운 공격에 어안이 벙벙한 표정으로 무너져서는 숨을 제대로 쉬지 못했다. 노인은 젊은 남자에게 마르크스 아우렐리우스식으로 말했다.

"아픔은 아픔에 대한 살아 있는 관념에 불과하지. 아픔은 아픔에 대한 관념을 버리면 사라질 거야."*

복싱은 공군에 근무할 때 미군들에게 배우기 시작했다. 한동안 못하다가 30대 후반에 다시 시작해 10년 동안 몸을 키웠다. 무릎 연골이 남아나지 않는다는 주치의의 말

---

* 안톤 체호프, 「6호실」.

을 들고 지금은 복싱 대신 수영을 하고 있다. 이 사건 이후 밖에 나갈 때는 항상 전기 충격기를 들고 다녔다.

* * *

차도 옆으로 녹지 않은 눈이 덕지덕지 쌓여 있었다. 저걸 눈이라고 부르는 건 눈에 대한 모독이다 싶을 정도로 더러웠다. 눈이 내려 비탈길에 쌓인다는 사실은 뜬소문 취급을 받았다. 아무도 인정하려 하지 않는 것 같았고 당연히 치우지도 않았다. 노인이 살던 동네에는 열선이 깔려 있어서 눈이 오면 자동으로 녹는다는 소문이 있었다. 부자들이 구청장과 시장을 갈궈서 얻어 낸 소득이라는 것이다. 헛소리였다. 눈은 각 집의 관리인들이 나와서 치웠다. 그들은 눈이 온 흔적 자체를 없애 버리려는 것처럼 치웠다. 군대에서 눈 치웠던 기억 따위를 술안줏거리로 쓰는 남자들에게 침을 뱉듯이 치웠다.

노인이 사는 구역은 으리으리한 집, 부서진 집, 모던한 집, 부서지기 직전의 집, 조금 낡은 집, 많이 낡은 집, 다시 으리으리한 집들이 지그재그로 서 있었다. 관리인이 있는 집은 드물었다. 눈이 오면 쌓이기 바빴다. 간혹 할 일 없는 노인네들이 나와서 자신의 집 앞만 비질하곤 했다. 그때 젊은 사람이 탄 외제 차가 비탈길을 오르기라도 하면 알아들을 수 없는 욕을 스쳐 가는 운전석 차창에 대고 중얼거렸다. 반응은 없었다. 그들은 눈을 치우지 않을 때도 고독했는데 눈을 치우면서 더 고독해졌다. 하루 눈을 치우고 며칠을 앓았다. 그런 노인들마저 점점 사라졌다. 죽은 것이다. 노인은 나이와 고독의 상관성에 대해 결론을 내렸다. 살 만큼 살고 할 만큼 하고도 죽지 않는 것에 대한 신의 분노가 둘의 고리였다. 노인은 신에게 반문했다.

"당신도 너무 오래 사는 것 아닌가?"

집 앞이나 정원에 눈이 감당 못할 정도로 쌓이면 인부를 불러 치웠다. 낙상사는 억울하다 못해 웃겼다. 그렇게는 절대 죽기 싫었다. 자주 불러 안면을 튼 인부도 있었다. 그들은 젊은 여자가 짧은 치마를 입고 위태위태하게 비탈길을 오르는 게 보이면 작업을 멈추거나 치웠던 눈을 양털 융단인 듯 다시 깔았다. 몸을 고생시켜 얻어 내는 10초의 쾌락이었다. 노인은 덕을 시켜 작업을 마친 인부들에게 커피를 내주었다. 남자를 가장 잘 이해하는 사람이 인류의 미래를 가장 비관적으로 전망하는 법이다.

* * *

언덕 아래는 점점 화려해지고 있었다. 새로운 카페가 생겼고 젊은 세프가 운영하는 레스토랑, 피자집이 들어섰다. 고개 너머 번화가가 시들해지자 사람들이 이쪽으로 눈길을 돌린 것이다. 주말뿐 아니라 평일 저녁에도 연인들과 젊은 여자들이 적지 않게 돌아다녔다. 무기 같은 카메라를 들고 다니며 무의미한 것들을 찍어 대는 사람들도 많았다. 새로 생긴 음식점들은 젊은 사람들의 입맛에 맞춘 것들을 팔았다. 미치도록 달았다. 프랜차이즈 체인점이 들어오기 시작하면 이 동네를 떠나야겠다고 노인은 마음먹고 있었다. 거리에 사람이 너무 많을 때는 기가 질려 나가기도 싫었지만 나가더라도 절대 허름한 모습으로는 아니었다. 잘 볼 수 없음에도 불구하고 선글라스를 끼고 다닐 때도 많았다. 백발과 검은 선글라스는 꽤 잘 어울렸다.

* * *

진을 처음 만났을 때도 선글라스를 끼고 산책하러 나가던 중이었다. 8월이었다. 집 앞을 나서는데 아이 울음소리가 들렸다. 진은 비탈길 중간에 위치한 보육원 2층 테라스에 나와 언덕 아래를 멍하니 바라보고 있었다. 성당에서 운영하는 보육원이었다. 보육원 2층은 수녀들의 숙소로도 쓰였다. 진의 발아래로 이동용 바구니에 누운 아기의 모습이 보였다. 진은 초록색 스카프로 머리와 목을 두르고 있었다. 눈썹을 살짝 덮고 있는 까만 머리는 숱이 많아 보였다. 코, 입 모두 크고 또렷했다. 앙다물고 있는 입술은 단식 농성하는 정치인처럼 각오가 엿보였으며 큰 눈은 검은 눈동자가 흰자를 다 몰아내고 있었다. 올빼미 눈 같았다.

노인은 보육원 2층에서 시선을 떼지 못했다. 처음에는 아이 울음소리가 귀에 거슬린다고 생각했다. 보육원 가까이 왔을 때 아이 울음소리는 귀에 들어오지도 않았다. 그 소리는 비탈길을 내려오면서 자신도 모르게 페이드아웃되었다.

진의 하얀색 짧은 치마와 치마 아래로 훤히 드러난 다리가 가장 잘 보이는 각도에서 노인은 멈춰 섰다. 진은 천천히 고개를 돌렸고 자신을 바라보고 있는 백발의 노인과 눈을 마주쳤다. 둘 다 말이 없었다. 진은 지금이 무슨 상황인지 파악하려 애쓰는 것 같았다. 노인의 미간이 좁아졌다.

"아이가 너무 크게 우네."

진은 옆에 아이가 있었다는 것을 지금에야 알았다는 듯 바구니 아래로 몸을 구부렸다.

"그러라고 있는 아이잖아요. 그걸 갖고 뭐라고 하실 건 아니죠."

힐난도 설득의 기미도 섞여 있지 않았다. 혼자 하는 말 같았다.

아이가 울음을 그쳤다. 노인의 이마에 땀이 맺혔다. 약간의 어지러움도 느꼈다. 못 박힌 듯 그 자리에 서 있었던 탓이다. 진은 다시 테라스 아래에 있는 노인을 바라보며 말했다.

"이제 울음을 그쳤네요."

"미혼모인가?"

노인은 뇌의 회로를 거치고 있던 말 중 하나가 여과 없이 툭 튀어 나갔다는 것을 깨달았다. 속으로 해야 했던 말을 모두 꺼내 놓는 것은 혼자 살면서 얻게 된 가학적 증상 중 하나였다.

진이 웃으며 말했다.

"수녀예요."

"올여름이 덥긴 더운가 보네. 수녀도 미니스커트를 입고."

"제 다리를 그렇게 보고 계셨던 거군요?"

노인은 인류가 이제까지 쌓아 온 지적 유산을 다 뒤져도 지금 이 순간에 마땅한 대답을 찾을 수 없을 것 같았다.

"그렇게 오래 고개를 들고 계시면 목 안 아파요?"

"기절할 타이밍을 찾고 있었어."

"요기 위 2층 집에 사시는 분이죠? 열매 많은 나무 있는, 검은 고양이도."

"나를 알아?"

"수녀님들한테 들었어요. 성질 고약하다고."

"심심한데 수녀들 말버릇이나 고쳐 줘야겠구먼."

노인은 그제야 고개를 낮춰 언덕 아래를 바라봤다. 언덕 초입에 있는 구멍가게 영감이 자신을 쳐다보고 있었다. 비탈길은 차 두 대가 지나갈 정도의 넓이라 시야가 좁았다. 노인은 다시 테라스를 올려다봤다. 진은 이동용 바구니를 들고 외부 계단을 통해 1층으로 내려오고 있었다. 노인의 시선이 진의 동선을 따라 움직였다. 1층 철문 너머로 유모차 펴지는 소리가 들렸다. 이동용 바구니를 탈착할 수 있는 유모차인 듯했다. 한참 끼끼거리는 소리에 이어 철문이 열렸다. 유모차에 담긴 아이는 가림막에 가려 얼굴이 보이지 않았다. 진은 어느새 테가 굵은 선글라스를 끼고 있었다. 아래서 봤을 때보다 키가 훨씬 컸다.

단화를 신고 있었음에도 노인과 비슷했다. 진은 노인을 거들떠보지도 않은 채 유모차를 앞세우고 비탈길을 내려가다 고개를 돌렸다.

"안 내려가세요?"

노인은 걸음을 옮겨 유모차 옆에 섰다.

"남자?"

"여자아이예요. 앞으로는 아이를 보면 무조건 여자냐고 물어보세요. 그게 현명해요."

"얼굴은 보지도 못했어. 어쨌든 잘되었네. 여자아이는 신의 선물이지. 남자아이는 신의 악담이고."

"저도 그렇게 생각해요."

두 사람은 나란히 언덕을 내려갔다. 시원한 바람이 아래서 올라왔다.

"그 양반이 나한테 악담을 세 번이나 했지. 세례명은?"

"안나요."

"본인은?"

"이사벨."

"앞으로는 그렇게 살라는 의미야?"

"그러려고요."

진이 웃으며 대답했다. 이사벨은 '정숙'을 의미했다. 진은 상처 주는 어떤 말이라도 다 받아들일 준비가 된, 복싱

챔피언의 샌드백 같은 사람처럼 보였다.

"「콘스탄틴」의 여주인공 이름이 이사벨이었지. 정말
예뻤어."

"「콘스탄틴」?"

낡은 봉고차 한 대가 언덕을 올라왔다. 노인과 진은 길
가로 붙었다. 차 안에는 노인이 눈이 오면 자주 불렀던 인
부들이 타고 있었다. 노인을 알아본 인부들이 차 안에서
인사했다. 이 인부들은 눈 치우는 일만이 아니라 부잣집
의 이런저런 잡일도 봐주고 있었다. 노인은 차가 지나가
는 동안 아이의 얼굴을 들여다봤다. 아이는 노인의 얼굴
을 보고 놀란 표정이었지만 울지는 않았다.

"엄마를 안 닮았네."

사실 눈이 어두워 잘 보이지도 않았다.

"그런가요?"

봉고차가 지나갔다. 노인은 유모차를 길 가운데로 끌고
가려 했다.

"제가 할게요."

진이 유모차를 자신 앞에 두었다.

"애 아빠가 신부야?"

"맙소사, 할아버지 진짜 수녀님들이 말해 준 거랑 하나
도 안 다르네요."

"수녀들이 도대체 뭐라고 했는데?"

"회개하셔야 한다고요. 그 캐리어 할머니랑 같이요. 아시죠? 레베카 수녀님은 할아버지가 고해성사하면 분명히 살인을 용서해 달라는 고백을 할 거랬어요."

"애들 똥을 매일 그렇게 치우니 제정신이 아니겠지. 그 수녀한테 그 멍청한 개나 좀 잘 묶어 두라고 해. 그리고 나랑 그 할멈을 엮어서 이야기해? 짜증 나는구먼."

성당에서는 세 살짜리 사모예드를 키우고 있었는데 가끔 보육원에 데리고 와 묶어 두기도 했다. 지난해 봄 노인이 정원 나무에 물을 주고 있을 때 목줄이 풀린 놈이 집 대문을 부숴 버릴 듯 달려들어 깜짝 놀란 적이 있었다. 정원에 나와서 햇볕을 쬐고 있던 노인네 고양이들을 보았던 것이다. 대문은 소용돌이무늬가 새겨진 철제문이었는데 틈새로 정원이 드문드문 보였다. 노인은 물이 뿜어져 나오는 호스를 물러설 기색이 없는 사모예드의 얼굴에 대고 뿌렸다. 개는 뒤로 물러선 후 혀를 쩝쩝거리며 물을 핥아 먹었다. 그날 이후로 개는 목줄이 풀릴 때마다 노인네 집 앞에 와 고양이들과 씨름을 했다. 동네에 수많은 길고양이가 있음에도 불구하고 유독 노인네 집 고양이들과 사이가 좋지 않았다. 고양이들은 물러서지 않았다. 큰 놈과 작은 놈 모두 잘 먹어 덩치가 작지 않았다. 개가 으르렁거리면 문틈 사이로 앞발을 날렸다. 특히 작은 놈이 더 앙칼지게 굴었다.

"귤이가 얼마나 귀여운데요."

진이 말했다.

"귤이라는 이름도 안 어울려."

"고양이들 이름은 뭐예요?"

"큰 놈은 둥, 작은 놈은 흰눈."

"둥이, 흰눈이. 예쁘네요."

"아이 이름은 뭐야?"

"여름이요."

"저런. 겨울보다 여름에 노인네들이 더 많이 죽어나는 거 알아? 가을이 더 좋은 계절이지."

셋은 슈퍼 앞에 다다랐다.

"사실 아직 안 정했어요."

진이 유모차를 내려다보며 말했다.

노인과 진은 언덕 초입에서 왼쪽으로 방향을 돌려 지하철역 쪽으로 내려갔다. 가게 안에 있던 영감이 노인을 뒤늦게 불러 보았지만 이미 진과 함께 대형 마트로 들어간 다음이었다. 구멍가게 영감은 입맛을 다셨다.

* * *

그날 이후 진과 노인은 함께 산책했다. 노인의 주도면밀한 관찰의 결과였다. 진이 테라스 2층에 서서 수녀 몰래 담배를 피우면 노인이 거실에서 지켜보다 우연인 듯그 앞을 지나갔다. 진의 몸이 어느 주기로 니코틴을 필요로 하는지 니코틴 사이클도 조사했다. 수녀들이 성당에있는 시간도 확인했다. 노인의 집 맞은편 아래쪽에 보육원이 있어 가능한 일이었다. 공원을 거닐고, 마트도 가고,과거에 요정이었던 절도 거닐었다. 아이도 같이 다녔다.슈퍼 영감은 세 사람이 함께 산책하러 나가는 모습을 볼때마다 부도난 수표를 손에 쥔 사람 같은 표정을 했다.

노인은 덕이 필요한 것을 다 사 오는데도 불구하고 마트에 자주 갔다. 혹시라도 진과 마주칠까 해서였다. 자신의 그런 행동이 스스로도 이해가 되지 않았다. 사실 그 이유를 알고 싶은 생각도 없었다. 이유는 미래가 있는 사람에게나 필요한 것이었다. 노망이 난 거라면 그것도 그것대로 괜찮다고 생각했다. 핑계 대기도 좋았다.

마트 역시 핑계 대기에 더없이 훌륭한 장소였다. 아무것도 사지 않는 날도 많았다. 진과 마주친 적도 있었다.진도 뭔가를 사기 위해 마트에 오는 것 같지는 않았다. 보

60

육원에 쓰는 물건은 수녀들이 대부분 사 왔기 때문에 아이와 산책을 위해, 기분 전환을 위해 마트에 오는 것 같았다. 노인은 농수산물, 축산물 코너를 돌며 진에게 이런저런 잡다한 이야기를 들려주었다. 오이는 채소가 아니라 과일이라고, 토마토는 과일이 아니라 채소라고, 아오리 사과나 캠벨 포도도 국산이라고, 미국 소도 한국에서 6개월만 살면 한국 소가 된다고. 진은 끝도 없이 웃었다.

　노인은 진의 이력에 관심이 없었다. 온전히 그 사람, 지금 이 시각, 같이 있는 바로 이곳만 생각했다. 셋이 같이 있을 때 제일 외로워 보이는 것은 진의 아이였다. 두 사람은 무책임하게 걷고 말하고 웃었다. 사형수의 손에 들린 마지막 담배를 뺏는 놈은 죽어서 유다와 안면을 터야 할 것이다, 라고 노인은 생각했다.

　　　　　　　　＊　＊　＊

　노인은 마트 주차장에 차를 세웠다. 평일 아침이라 차들이 별로 없었다. 마트는 집에서 10분 거리라 평소에는 걸어 다녔다. 오늘은 사야 할 것들이 꽤 있어 차를 가지고 나왔다. 마트는 지하에 있었다. 건물 1층에는 은행이 있었고, 2층, 3층은 병원이었다. 마트로 내려가려던 찰나 누군가 노인을 불렀다. 캐리어 할멈이었다. 할멈은 캐리어를 끌고 노인의 차가 있는 곳으로 걸어오고 있었다. 그녀는 어디를 가나 캐리어를 끌고 다녀서 캐리어 할멈이라고 불렀다.

캐리어 할멈이 동네에서 유명해진 데는 그녀의 낯 두 꺼움도 한몫했다. 할멈은 언덕을 오르내릴 때 자신보다 젊은 사람이 지나가면 캐리어를 손에 쥐여 주며 같이 가는 데까지만 옮겨 달라고 부탁했다. 어떤 때는 지나가는 차도 세웠다. 언젠가는 노인에게 캐리어를 맡기려 하기에 소리를 지른 적도 있었다. 캐리어 할멈은 꿈쩍도 하지 않았다. 그녀는 자신의 기분에 견주어 상대방의 기분을 판단하는 부류처럼 보였다. 나이가 그녀를 그렇게 만든 것인지도 몰랐다. 그녀의 집은 노인의 집보다 높은 곳에 있었다. 허름한 단층집에서 혼자 사는 것 같았다. 그녀는 성하지 않은 무릎을 부여잡고 매일 언덕을 오르내려 지하철역으로 가는 길목 중간쯤에 있는 노인정엘 갔다.

"왜 불러?"

노인이 말했다.

"차 가지고 왔네."

"그런데?"

"여기서 기다리고 있을 테니까 장 보고 와. 나 좀 집까지 태워 줘."

"나랑 스캔들이라도 나고 싶은 거야?"

캐리어 할멈은 스캔들의 뜻을 알지도 못하는 것 같았지만 호탕하게 웃었다.

"오래 걸릴 거야."

"할 일도 없는데 뭐. 같이 장이나 봐줄까?"

"따라오지 마."

캐리어 할멈의 이런 부탁은 한두 번이 아니었다. 노인은 그때마다 진지하게 화를 내야 할까 고민했지만 사정없이 독한 말을 하거나 그냥 무시하고 지나쳐도 캐리어 할멈은 다시 마주치면 웃으며 또 부탁했다. 그때부터는 언덕에서 안 마주치기만을 바랐다.

"근데 장은 왜 봐? 그 아줌마 아파?"

"신경 쓸 거 없어."

"좋은 일 있어?"

노인은 캐리어 할멈의 말을 무시하고 마트 계단을 내려갔다. 문득 자신이 생각하는 좋은 일이란 무엇일까 하는 생각이 떠올랐다. 우울했다. 자신에게 좋은 일이란 곧 사라질 무엇에 불과했다. 진을 만나기 전에도 진을 만나고 나서도 좋은 일은 잔광처럼 희미했다. 저 할멈은 안 마주치는 게 상책이야, 라고 노인은 중얼거렸다.

* * *

마트는 한산했다. 계산원이 노인을 알아보고 인사했다.

"오늘은 혼자 오셨네요?"

노인은 계산원이 덕을 두고 하는 이야기인지, 아님 진을 염두에 둔 것인지 순간 헤아려 보았다. 최근엔 덕과 함께 마트에 온 적이 없으니 진을 두고 하는 이야기가 확실했다. 시아버지와 며느리 조합을 말하는 것인지 노망난 노인네와 미혼모의 조합을 말하는 것인지는 확실하지 않았다. 노인은 후자이길 바랐다. 부녀 조합은 상상조차 되지 않았다.

"엄마 손잡고 장 보러 다닐 나이는 아니지."

노인은 그렇게 대답하곤 계산원의 반응을 기다리지도 않은 채 채소 판매대로 발을 돌렸다. 계산원 역시 길게 말을 주고받을 생각은 없는 것 같았다. 계산원은 현금 출납기 아래 달린 비닐봉지에서 영수증을 꺼내 정리했다.

노인은 자신의 성기를 들이밀며 이놈 저놈 냄새를 맡게 하는 하이에나를 떠올렸다. 나는 너희와 다를 바 없으며 공동체에 전혀 위협이 되지 않는 존재라는 의미였다. 노인은 진과 다니는 것을 사람들이 어떻게 보는지에 대해서는 생각하지 않았다. 돈 주고 젊은 여자를 사는 철면피로 보는 것은 아닌지, 피카소 같은 망나니 정력가로 보는 것은 아닌지, 진과 다닐 때 노인의 성기가 바지 위로 솟아오른 것을 남들이 눈치챈 것은 아닌지 전혀 개의치 않았다. 노인은 자신과 진을 색안경을 끼고 바라보는 사람들을 어떻게 볼지에 대해서만 생각했다. 결국, 그들은 아무도 아니다, 라는 결론을 내렸다. 그가 지금껏 혼자인 것은 다른 사람들 탓이 아니다. 지금의 그 자리에 있는 것은 자신의 선택이었다. 젊은 사람 중 관계의 시달림보다는 외로움을 택하는 사람이 있듯이 노인도 그럴 수 있다.

* * *

혼자 외로이 있는 노인을 불쌍하게 보는 시선을 노인은 촌스럽게 여겼다. 외롭게 살기로 한 차에, 오래 그렇게 살던 중에, 진이 우연히 나타난 것이고 노인은 국가에서 복귀를 명령한 전직 CIA 암살 요원처럼 예전으로 돌아갈지를 망설이는 중일 뿐이었다. 돌아가도 목숨은 위협받았고 그러지 않아도 목숨은 달랑거렸다. 노인에겐 돌아가든 돌아가지 않든 남은 시간이 길지 않다는 숙제가 있었다. 뻔한 결말이 그를 주저하게 했다. 자신은 가고 진은 또 혼자 남는다. 그는 그럴 자격이 없다고 더 많이 생각했다.

노인은 김칫국을 요리라고 여기지도 않았지만, 진의 마음이 어떤지는 물어보지도 않았고 알 수도 없었다. 사실 중요하지도 않았다. 배려는 강자의 미덕이라고 노인은 생각했다. 자신은 약자였고 무엇보다도 노인이었다.

* * *

채소 판매대를 천천히 돌았다. 캐리어 할멈이 밖에서 기다리고 있다는 사실은 벌써 잊었다. 평소와 다를 바 없이 꼼꼼하게 채소를 골랐다. 덕과 함께 장을 보러 오면 무 하나를 살 때도 그냥 넘어가지 않았다.

"이건 땅에 너무 오래 둔 거야. 질겨."

노인은 손에 들린 무를 진열대 위로 툭 집어던졌다. 채소 코너 판매원은 못 본 척 다른 진열대로 가 버렸다. 노인의 이런 행동을 한두 번 본 게 아니었기 때문이다.

"그럼 직접 텃밭에서 길러요. 찾는 것보다는 그게 빠르겠어요."

한숨을 쉬며 덕이 말했다.

"평생 이것들만 기른 놈들보다 잘하겠냐?"

이런 식이었다. 덕은 노인이 무언가를 찾기 전에 냉장고를 채워 놓는 방식으로 이 문제를 해결했다. 그럼에도 조금 오래된 채소나 식품은 귀신같이 찾아내 덕이 보는 앞에서 죄다 쓰레기통에 버렸다. 덕은 노인을 증오할 수 없어서 사랑하기로 마음먹은 사람처럼 처신했다. 중간은 없었다.

노인은 메모지에 하나하나 선을 그어 가며 산 것을 체크했다. 계산대에 장바구니를 올려놓았다. 노인에게 인사를 했던 계산원이 있는 계산대가 아니라 제일 구석에 있는 계산대였다. 20대 중반의 키가 큰 여자가 계산을 해 주었다.

"오늘은 금방 사셨네요."

노인은 대꾸하지 않았다. 노인이 마트 계단을 오를 때쯤이면 계산원들은 각자의 삶을 생각하고 각자의 일을 하고 있을 것이다. 그러나 노인은 그렇게 생각하지 않았다. 호의가 적의로 바뀌는 순간이 올 것이라는 생각이 들었다. 그 적의를 다 받아 낼 시간이 있느냐가 문제였지 적의는 문제가 아니었다. 중력이 장바구니를 더 거세게 당기는 것 같았다. 두 손으로 장바구니를 붙잡고 계단을 올랐다. 장바구니가 흔들흔들 춤을 췄다.

캐리어 할멈은 캐리어를 옆에 낀 채 계단 난간에 걸터앉아 지나가는 사람들을 쳐다보고 있었다.

"금방 왔네."

그녀는 또 웃었다.

"제과점에도 가야 해."

노인은 장바구니를 트렁크에 실었다.

"여기서 기다리라고? 추워."

노인은 차에 타 시동을 걸었다. 캐리어 할멈이 뒷문을 열어 캐리어를 넣었다. 뒷문을 닫고 앞문을 열었다.

"뒤에 타."

노인이 말했다.

"노인네 까다롭네."

캐리어 할멈은 앞 좌석에 탔다. 노인은 지금껏 자신이 한 일 중 제일 사려 깊은 행동을 할 참이었다. 입을 꼭 닫고 후방만 주시했다. 노인은 차를 지하철역 방향으로 돌렸다. 제과점은 지하철역 근처에 있었다.

"밀가루가 소화가 되나? 밥을 먹어야지."

"빵 사는 거 아냐."

"그럼 뭘 사? 케이크?"

"아이스크림."

"이렇게 추운데 아이스크림을 먹어?"

그녀는 웃지 않고 말하는 방법을 잊은 사람 같았다. 노인은 CD를 재생시키고 볼륨을 높였다.

"나 좋아하는 거 아니면 말 그만 시켜."

캐리어 할멈은 창밖을 내다보았다. 아는 사람이 지나가는지 문을 내려 반갑게 손을 흔들었다. 상대편은 눈치채지 못했다. 눈이 어두운 남자 노인이었다.

"근데 아직도 좋아하네 어쩌네 그런 말을 써?"

캐리어 할멈이 운전석에 앉은 노인의 얼굴을 쳐다보며 말했다. 노인은 대답 없이 좌회전 깜빡이를 켰다. 차들이 끼어들 틈을 주지 않고 달렸다.

* * *

노인은 제과점 앞 도로에 차를 대고 비상등을 켰다. 시동은 끄지 않았다. 히터를 켜 둔 채 차에서 내렸다. 노인은 생각보다 빨리 아이스크림을 사서 왔다. 녹차 아이스크림, 아이스크림이 든 블루베리 샌드와 망고, 요구르트 캔디도 샀다. 노인은 차에 올라탄 후 종이 가방을 열어 블루베리 샌드 하나를 캐리어 할멈에게 내밀었다. 캐리어 할멈은 무엇인지도 모르고 받았다.

"근데 뭐 하나 물어봐도 돼?"

노인이 말했다.

그녀는 블루베리 샌드를 들고 어떻게 해야 할지 모르고 있었다. 노인이 샌드를 다시 받아 비닐 포장을 풀어서 주었다. 캐리어 할멈은 부실한 이빨로 샌드의 끝 부분을 살짝 깨물었다.

"아이고, 셔."

"녹여서 먹어."

캐리어 할멈이 샌드의 끝 부분을 입에 넣어 녹이며 말했다.

"뭔데?"

"그 다 부서진 캐리어에 뭐가 들었어?"

"아, 이거?"

캐리어 할멈은 뒷좌석을 돌아보며 캐리어 손잡이를 어루만졌다.

"다들 그게 궁금한가 봐? 노인정에 오면 알 수 있을 텐데."

"노인네들 냄새나. 보나 마나 화투 같은 거나 화투 칠 때 쓰는 담요겠지."

캐리어 할멈은 자지러지게 웃었다. 웃을 때는 누구나

어린아이 같았다. 노인은 차를 다시 집 방향으로 돌렸다. 국숫집은 제과점에서 대각선 방향으로 200미터 정도 올라가면 있었다. 노인은 국숫집을 지나쳤다. 아무래도 밥까지 같이 먹을 수는 없었다.

* * *

집 앞 비탈길을 오르는데 진이 유모차를 붙잡고 내려왔다. 노인은 차를 멈추었다. 진이 걱정스러운 표정으로 노인에게 인사를 했다.

"추운데 애 데리고 어딜 나가?"

"병원에 좀 가려고요."

"아파?"

"심한 건 아니에요."

진은 말을 얼버무렸다. 캐리어 할멈이 탄 것을 본 것 같았다. 캐리어 할멈이 운전석으로 몸을 밀착시키며 끼어들었다.

"애 아빠는 아직 연락 없어?"

"그렇죠 뭐."

"그러게 처음부터 유부남이랑 그러는 게 아니었지, 이 사람아. 이름이 여름이랬지? 가엾은 내 새끼. 아빠가 없어서리 어째. 아이는 아빠가 있어야지."

아이의 아빠가 유부남이라는 것은 노인도 모르던 사실이었다. 캐리어 할멈은 진에게도 캐리어를 옮겨 달라고 몇 번 부탁한 적이 있었고 그때 이런저런 이야기를 한 것 같았다.

"7시?"

노인이 캐리어 할멈의 말을 잘랐다. 진은 말없이 고개만 끄덕였다. 캐리어 할멈은 말을 멈추지 않았다.

"거기서 평생 살 수도 없잖아. 노인이고 젊은이고 사내자식들은 글러 먹었어. 망할 놈들."

노인은 할멈을 태워 주기로 한 자신의 인간적 결정에 격분했다. 그리고 랩을 하듯 정리되지 않은 말들을 쏟아 냈다.

"세상이 늙은이들을 밀어내는 게 아니라 스스로 세계의 변방으로 돌진하는 거야. 단순하지 않은 것은 아무것도 없는 세계로 말이야. 늙은 철학자들의 말이 다 왜 개소리인지 알아? 인과관계 말고는 어떤 관계도 생각하지 못해서 그래. 세상의 절반도 설명하지도 못하고 나머지 절반 역시 오해 아니면 곡해라고!"

진과 캐리어 할멈은 야수형을 선고받은 죄인의 표정을 지었다. 목을 물리면 질식사, 물어뜯기면 과다 출혈사, 정신적 충격을 받으면 심장마비. 어떻게 죽으라는 거지? 아니, 무슨 말이지?

"들어가세요."

진은 고개 숙여 인사하고 언덕을 서둘러 내려갔다. 노인은 캐리어 할멈에게 내리라고 말했다.

"왜?"

"여기서부터 걸어가."

"그니까 왜? 병원에 데려다 주게? 코앞인데 내려다 주고 가. 늙은이를 두고 팔다리 멀쩡한 젊은 사람을 태워 주는 게 무슨 경우야."

"아이가 있잖아."

두 사람은 옥신각신 다투었다. 캐리어 할멈은 절대 내릴 기세가 아니었다. 노인은 차를 언덕으로 빠르게 몰았다.

"근데 7시는 무슨 말이야?"

그녀가 남의 말을 듣기는 한다는 것을 그제야 노인은 알았다.

"둘이서 어디 가기로 했어?"

노인은 대답하지 않았다.

"적당히 살다 가. 욕심부리지 말고."

"화끈하게 살 날도 얼마 없는데 왜 그래야 해?"

"혼자 살다가 머리가 돌아 버린 거지. 노망났네, 노망났어."

차가 할멈의 집 앞에 도착했다. 캐리어 할멈은 끙끙거리며 차에서 내렸다. 캐리어를 내리다 차 문짝에 상처를 냈다. 노인은 개의치 않았다. 차를 돌린 후 언덕 아래로 달렸다. 캐리어 할멈은 멀어지는 차를 우두커니 바라봤다.

* * *

진의 모습은 보이지 않았다. 그새 택시를 탄 것 같았다. 소아청소년과 전문의는 근처에 없었다. 노인은 언덕 초입에 차를 세우고 핸들에 손을 올린 채 주위를 두리번거렸다. 언덕에서 내려오던 차가 경적을 울렸다. 노인은 왼쪽으로 차를 꺾었다. 지하철역 방향으로 내려가다 차를 돌려 국숫집 앞에 세웠다.

* * *

국숫집엔 테이블 네 개밖에 없었다. 2인용 테이블 두 개, 4인용 테이블 두 개. 부엌을 빼면 그것이 공간의 전부였다. 부엌은 테이블 바로 옆에 있었는데 중간에 투명 창을 내어 요리하는 과정이 다 보였다. 점심시간이 지나서

인지 2인용 테이블은 비어 있고, 40대 초반으로 보이는 남자가 안쪽에 있는 4인용 테이블에 앉아 올레 국밥을 먹고 있었다. 남자는 노인이 가게 안으로 들어와도 눈길 한 번 주지 않고 국밥을 먹는 데만 집중했다. 가게 주인이 노인을 알은체했다. 주인은 다섯 살짜리 아들을 둔 40대 중반의 여자였다. 주인의 아들은 여자가 일할 때면 빈자리에 앉아 책을 읽었다. 오늘은 2인용 테이블에서 『알리바바와 40인의 도적』을 읽고 있었다. 아이는 앉을 자리가 없을 때는 부엌 옆 간이 의자에 앉아 책을 읽었다.

노인은 아이의 옆구리를 간질여 책에서 눈을 떼게 하고 싶었다. 천진난만하게 웃는 아이 모습이 보고 싶었다. 노인은 문득 미국의 버지니아 주에서는 간지럼을 접촉으로 인한 재해로 규정하고 불법화하고 있다는 것을 책에서 본 기억이 떠올랐다. 누군가를 강제로 웃기는 것도 폭력이라는 것이다. 딱 하나, 노인이 미국에 대해 마음에 들어하는 점이었다.

노인은 아이 옆의 2인용 테이블에 앉았다. 남자와 마주 보는 자리였다. 주인은 메뉴를 묻지도 않고 국수를 준비했다. 평소보다 면을 더 푹 삶아야 했다. 노인은 면이 자기 기준보다 덜 퍼졌으면 다시 끓여 달라고 했고 세 그릇값을 지불했다. 자신만의 계산 방식이었다.

국밥을 먹는 남자는 짙은 남색 코트를 목 끝까지 닫고 깃을 세우고 있었다. 코끝에는 땀이 맺혀 있었다. 남자는 국밥을 입에 넣을 때마다 밥알과 고기를 같이 씹을 수 있도록 크지 않은 고기를 4등분해서 먹었다. 전체적인 인상은 벽에 이마를 자주 찧는 사람 같았다. 자신을 자책하다 남은 일도 제대로 처리하지 못하는 타입. 가르마는 가운데를 살짝 비켜나 있었고 머리카락이 눈썹 아래까지 떨어졌다. 귀가 작고 코가 뭉툭했다. 잘생긴 편은 아니었지만 알코올중독에 빠진 아내에게도 해장국을 만들어 줄 정도의 자상함은 있어 보였다. 남자가 국밥을 먹다 말고 눈을 위로 치켜들었다. 노인과 눈이 마주치자 깜짝 놀란 표정을 지었다. 노인이 무안할 정도였다. 노인은 왼손을 살짝 들어 미안하다는 표시를 했다. 남자는 헛기침을 한 후 남은 고기는 자르지 않고 한 점씩 입에 넣었다.

*　*　*

노인은 부엌으로 난 창 위의 메뉴판을 보았다. 시선을 둘 곳이 거기밖에 없었다. 칠판에 앙증맞은 글씨체로 메뉴가 적혀 있었다. 올레 국밥, 올레 국수, 메밀국수.

아이가 책에서 재밌는 내용을 봤는지 킥킥거렸다.

"엄마 이거 봐. 도둑이 다시 집으로 돌아왔어."

그때 가게 문이 열리고 건장한 남자 둘이 들어왔다. 노인도 아는 남자들이었다. 조금 전 봉고차에 타고 있던 인부들이었다.

"눈 치우러 왔어?"

"아닙니다, 어르신."

둘 중 나이 많은 인부가 대답했다. 인부들은 남아 있는 4인용 테이블에 마주 보고 앉았다.

"요즘 일이 없어서 쉬고 있어요."

젊은 인부가 국수 두 개를 주문하며 말했다.

"그럼 둘이 데이트라도 하고 다니는 거야?"

국밥을 먹고 있던 남자의 입에서 밥알이 튀어 나갔다. 테이블 위가 밥알로 지저분해졌다. 남자는 허겁지겁 밥알을 주워 입에 넣었다.

"내버려 두세요."

요리하고 있던 주인이 행주를 들고 나왔다.

"죄송합니다."

남자는 붉어진 얼굴로 국밥 그릇만 바라봤다. 주인이 밥알을 대충 치우자 남자는 다시 서둘러 국밥을 먹기 시작했다.

"데이트하러 온 거 맞아요, 어르신."

젊은 인부가 말했다.

"여기가 연인들 데이트 코스잖아요. 집들도 근사하고."

국밥을 먹던 남자는 자신의 귀를 틀어막고 싶은 표정이었다.

"그나저나 문단속 잘하고 계시죠?"

젊은 인부가 말을 이었다. 늙은 인부는 젊은 인부가 말을 많이 하는 게 마음에 들지 않는 눈치였다.

"문단속은 왜?"

"뉴스 안 보셨어요?"

가게 주인이 면을 사골 육수에 넣으며 말했다.

"지난주에 위쪽 부잣집에 도둑이 들었어요. 샴푸 회사 사장님 집 아시죠? 거실에 있던 장식품은 물론이고 부엌 식기들까지 다 없어졌대요."

"도둑?"

"네. 경찰들 말이 동네를 잘 아는 사람들 소행 같다고 하더라고요."

국밥을 먹던 남자가 자리에서 일어섰다. 인부들이 남자가 나갈 수 있도록 테이블을 한쪽으로 밀어 주었다.

"잘 먹었습니다."

남자가 말했다.

그는 현금으로 계산한 후 밖으로 나갔다. 지하철 방향

으로 향했다가 다시 반대 방향으로 몸을 틀었다.

"저 양반 어지간히도 웃겼나 보네."

늙은 인부가 밖으로 나간 남자를 두고 말했다. 노인의 국수가 나왔다. 간도 맞고 면도 부드러웠다.

"저 남자가 도둑 아닐까요?"

젊은 인부가 웃으며 말했다.

"초행인 것 같은데."

노인이 국수를 입에 넣고 우물거리며 말했다.

"오늘내일 눈이 엄청나게 온다는데 우리 집 정원에서 일 좀 해."

"불러만 주세요, 어르신."

늙은 인부가 말했다.

노인이 국수를 다 먹고 일어서자 늙은 인부가 테이블에서 일어나 고개 숙여 인사했다. 노인이 밖으로 나왔을 때 차에는 주차 위반 딱지가 붙어 있었다. 주차 단속반의 경고 소리를 듣지 못했다. 정중하게 딱지를 네 등분으로 찢어 바닥에 버렸다. 일이 제대로 풀리지 않는 날인 것 같았다. 시동을 걸고 집으로 향했다. 주차 위반 요금은 덕을 시켜 인터넷으로 내라고 하면 될 일이었다. 건널목에서 신호에 걸렸다. 수첩에 메모했다. 도둑 그리고 주차 위반 요금.

3

　이사벨은 고층 빌딩의 옥상에서 자신의 두 팔을 감싼 채 잠든 도시를 바라보고 있다. 싸늘한 바람이 불어와 이사벨의 어깨까지 내려온 머리카락을 흩날린다. 남자가 이사벨의 등 뒤로 걸어와 옆에 나란히 선다.
　"줄 게 있어요."
　남자가 말한다.
　"여자에게 꽃 선물하는 남자는 아닌 것 같은데요?"
　이사벨이 쓴웃음을 짓는다. 남자는 이해한다는 표정으로 자신의 코트 주머니에서 천으로 감싸인 기다란 무언가를 이사벨에게 건넨다. 예수의 피가 묻은 롱기누스의 창이다. 이사벨은 혼란스러워한다.

"왜 저한테 이걸 주시는 거죠?"

"그게 룰이에요."

그리고 또 뭐라고 중얼거리는 남자.

이사벨은 남자의 눈을 바라보며 언제나 그런 식이군
요, 라고 말한다. 남자는 맞아요, 라고 대답한다. 마주 보
는 두 사람의 거리가 조금 전보다 가까워진다. 각자의 눈
에 상대방의 모습이 가득하다. 키스할 타이밍이었지만 이
사벨과 남자는 그러지 않는다. 이사벨은 천천히 돌아서서
아래로 내려간다. 남자가 불러 주길 기대하고 있는지도
모른다. 남자는 이사벨의 뒷모습을 우두커니 바라보다 여
명이 밝아 오는 도시로 눈을 돌린다. 깔리는 내레이션.

"우리 모두를 위한 계획이 존재한다. 나는 죽어야 했
다. 두 번이나. 그제야 알아차렸다. 책에서 말하는 것처럼
그분은 신비롭게 일을 이루어 가신다. 우리가 좋아하든
그렇지 않든."

* * *

음악이 흐르며 엔딩 타이틀이 스크린 위로 올라왔다.
노인과 진은 작은 소파에 나란히 앉아 있었다. 영화가 끝
나자 진은 노인의 목에 팔을 감고 머리를 어깨에 기댄 채

편안한 미소를 지었다. 노인의 목을 감고 있는 진의 팔에는 불이 붙지 않은 가느다란 담배가 들려 있었다.

　노인은 마지막 장면을 음미하듯 눈을 가늘게 뜨고 스크린을 응시했다. 열 번도 더 본 영화였다. 자기희생을 통해 지상의 삶을 연장받은 콘스탄틴을 보면 어렴풋한 확신이 생겼다. 자신을 위한 신의 계획이 있을 것이라는. 그 계획에 죽음밖에 없다면 오스카 와일드의 『환상동화』에 나오는 나이팅게일처럼 사랑하는 연인을 위해 자신의 피로 흰 장미를 붉게 물들여 버리겠다는 각오도 했다. 자신의 마음속에 그런 생각이 있다는 것이 놀라웠다.

　노인은 작은 시가를 입에 물었다. 창문으로 새어 들어온 달빛이 두 사람의 그림자를 벽에 비추었다. 그림자는 한 남자와 한 여자가 그리는 사랑의 정황을 보여 주었다. 그림자는 노인의 나이도, 진의 상황도, 아무것도 알려 주지 않았다. 그림자는 눈이 멀었다. 노인은 손에 쥐고 있던 라이터로 진의 담배에 불을 붙여 주었다.

　"언제나 그런 식이군요."

　진이 이사벨의 대사를 따라 했다.

　"당신을 위해 준비해 둔 계획이 있지. 당신도 좋아할 거야."

　"꽃은 싫어요."

"당신이 상상도 못한 거야."

* * *

　진은 담배를 한 모금 빨고 다시 노인의 목에 팔을 감으며 조금 전과 똑같은 자세로 돌아갔다. 소파 앞 테이블에는 재떨이와 반쯤 마신 와인, 이제는 녹아 버린 녹차 아이스크림이 담긴 작은 그릇이 두 개 놓여 있었다. 노인은 자신의 시가에도 불을 붙였다. 얕은 들숨으로 한 모금 빤 후입안 가득 연기를 품었다 천천히 내뱉었다.

　진이 꼬고 있던 오른쪽 다리를 소파 위로 끌어 올렸다. 진의 몸은 노인과 더 밀착되었다. 무릎을 살짝 덮고 있던 치마가 당겨져 하얗게 빛나는 무릎이 드러났다. 노인은 진의 무릎 위로 자연스럽게 손을 올렸다. 근사한 밤이었다. 이날이 기억나지 않으면 아무것도 기억하지 못하는 것이다. 노인은 진의 머리에 자신의 머리를 기댔다. 두 사람은 서로에게 기댄 채 아무 말도 하지 않았다. 시간이 천천히 흘러갔다.

　오랫동안 참고 있던 시가를 피운 탓인지 노인의 입에서 잔기침이 새어 나왔다. 참으려 노력했지만 쉽지 않았다. 노인은 밭은기침을 했다. 진이 괜찮아요? 라고 물었다. 노인은 진의 무릎에 놓여 있던 손으로 안심시키듯 무릎을 토닥였다. 괜찮아 보이지 않았다. 노인은 오른손으로 입을 막고 연신 기침을 했다. 목에 힘이 들어갔고 속에서 알 수 없는 무언가가 요동쳤다.

기침이 끝났다. 기침을 받아 낸 노인의 손에 피가 묻어 나왔다. 진은 두 손으로 비명이 새어 나오는 입을 막으며 소파에서 일어나 문 쪽으로 뒷걸음질 쳤다. 노인은 아무것도 아니라고, 별것 아니라고, 아직 준비된 것이 많다고 말했다. 진은 쥐고 있던 담배를 거칠게 끄고 방을 나갔다. 노인은 망연자실한 표정으로 자신의 피 묻은 손을 바라봤다. 화장지로 손을 대충 닦고 진을 따라갔다. 진은 이미 현관문을 열고 정원으로 나간 뒤였다. 노인은 진을 소리쳐 부르려 했지만, 목에서는 아무 소리도 나오지 않았다.

* * *

노인이 눈을 떴을 때 덕이 걱정스러운 표정으로 노인을 지켜보고 있었다. 노인은 서재에 있는 흔들의자에 누워, 해안가 모래사장에 휩쓸려 온 향유고래처럼 헐떡였다.

"괜찮으세요?"

덕은 노인의 이마에 난 땀을 자신의 손으로 닦은 후 노인의 목까지 덮여 있던 담요를 허리 아래로 내려 주었다.

"꿈이 별로였어요?"

"끔찍했어."

"4시가 넘었어요. 한 시간이나 더 주무셨어요."

"한 시간 늦게 잤어."

"왜요?"

"그럴 일이 있었어. 왜 왔어? 쉬라니까."

"언제요?"

"내가 말 안 했었나?"

노인은 의자에서 일어나려다 다시 주저앉았다. 다리가
풀려 있었다. 덕이 노인의 팔을 부축했다. 노인이 괜찮다
고 손짓했다.

"치매 아니니까 걱정 마."

"엘더베리 담근 거 드셨죠?"

"응. 잠깐 앉아 있어야겠어."

노인은 알 수 없는 눈빛으로 덕을 바라보았다. 그 눈빛
에는 현실이 꿈의 결말보다 더 나쁘지는 않을 것이라는
자기 위안도 담겨 있었다. 덕이 다 괜찮을 거라고 말해 주
었으면 싶었다.

"누가 그런 말을 했어. 현실은 나쁠수록 좋다고."

노인이 말했다.

"정말요? 치매 걸린 어머니를 안 모시고 살았나 보죠."

"그래야 사회가 바뀔 가능성이 더 크다는 거야."

"사회를 바꾸고 싶으세요?"

"꿈도 나쁠수록 좋은 거 아닐까 해서."

"왜요?"

"끔찍한 꿈보다 나쁜 현실은 없을 거잖아."

"꿈이 감당할 수 없는 나쁜 현실도 있어요."

노인은 매일 새롭게 돋아나는 간을 새에게 뜯어 먹히는 건 꿈에서나 가능한 일이라며 자신 없게 말했다.

"어머니랑 병원은 잘 갔다 왔어?"

"또 약만 잔뜩 받았죠. 근데 오늘 무슨 일 있어요?"

"약속 있어."

"무슨 약속이요?"

"저녁 약속."

"집에서요? 누가 오는데요?"

"애인."

"저 말고 애인이 또 있어요?"

노인은 흔들의자의 팔걸이를 꼭 쥐며 웃음을 참았다. 덕은 진의 얼굴이 떠오른 듯 더 나아갔다.

"아, 걔한테 충고 좀 해야겠어요. 남의 애인 가로채지 말라고. 요리 좀 할까요?"

"우선 뜨거운 물 좀."

"네."

덕은 할 말이 더 있는 것 같았지만 물을 가지러 돌아섰다. 노인이 다시 덕을 불렀다.

"내가 얼마나 더 살까?"

"최장수 노인으로 기네스북에 오를까 봐 걱정이에요."

덕이 계단을 내려갔다. 노인은 치매 걸린 노모에 대해 농담을 할까 하다 그만두었다. 오래 산 게 창피한 순간이 온다면 스스로 목숨을 끊을 수 있을까? 못할 것 같았다. 노인은 약이 진열된 책장을 바라봤다. 폐렴에 먹는 약들은 가장 잘 보이는 네 번째 칸에 모여 있었다. 기분이 썩 유쾌하지 않았지만 약을 입에 다 털어 넣고 싶은 정도는 아니었다.

* * *

심판의 날 이후에도 또 다른 세상은 펼쳐졌다. 천사들이 천둥으로 머리를 쪼개는 세상이라도 어쨌거나 그 전과는 다른 세상이었다. 그래도 피를 토하고 쓰러져서는 곤란했다.

* * *

덕은 노인이 장 봐 온 것들을 확인했다. 해물 파에야
재료라는 걸 알 수 있었다. 냉장고를 열어 나머지 재료가
있는지 살펴보았다. 필요한 요리 도구를 아일랜드 테이블
위에 올려놓았다. 와인 잔 두 개, 칵테일 잔 두 개를 꺼내
씻었다. 식탁을 깨끗이 닦았다. 위생 물티슈를 잘 보이는
곳에 올려놓았다.

덕의 얼굴엔 표정이 없었다. 노인은 아직 서재에서 내
려오지 않았다. 언덕 아래로 땅거미가 넓어졌다.

덕은 양모로 만든 실내용 슬리퍼를 꺼내 문 앞에다 두
었다. 현관 문틈에 끼인 고양이 털이 보였다. 손가락을 집
어넣어 치우려 했지만 잘 되지 않았다. 손가락에 침을 묻
혀 털을 치웠다. 신발 두는 곳에 물기가 보였다. 걸레를 가
져다 닦았다. 어제 청소를 했음에도 지저분해 보이는 것
들이 계속 눈에 밟혔다. 고양이들은 소파에 널브러져 또
털을 뽑아내고 있었다. 덕은 진공청소기를 청소함에서 꺼
냈다. 노인은 내부 계단 위에 서서 덕이 청소하는 모습을
바라보았다. 해를 등진 채 서 있어 노인의 그림자가 1층
거실로 길게 드리워졌다. 노인은 거실을 관장하는 거인
같았다.

"청소 안 해도 돼. 내버려 둬."

"청소기만 돌리고요. 아이는 안 와요?"

"아이?"

"네."

"글쎄, 그 생각은 안 해 봤는데."

"둘이서만 오붓한 시간을 보낼 수 있을 거라 생각했어요? 아이가 울고 보채면 시끄럽다고 분명히 짜증 내실 거예요."

"그 생각은 못했어."

"고양이 알레르기라도 있으면 어떡해요?"

"고양이들은 2층에 두지 뭐."

"애들이 거기 있으라고 한다고 거기 있겠어요?"

덕의 억양이 조금 전과 달랐다. 노인은 아이 생각을 하느라 눈치채지 못했다.

"어떡하지?"

"취소하세요."

덕이 단호하게 말했다. 너무 단호하게 말한 것이 자신도 웃겼던지 시선을 다른 곳으로 돌렸다.

"안 돼. 절대. 너 빨리 가. 이것저것 신경 쓰게 만들지 말고."

덕은 진공청소기를 켰다가 다시 껐다. 진공청소기를 다

시 청소함에 집어넣은 후 걸레를 빨고 외투를 입었다. 서두르듯 인사하고 신발을 신었다.

"대충 준비해 놨어요."

"알았어."

덕이 현관을 나서려다 뒤를 돌아보며 말했다.

"제가 보육원 앞에서 세레나데라도 불러 주고 갈까요?"

노인이 계단을 내려와 현관 앞까지 걸어왔다. 현관문 밖으로 반쯤 나가 있던 덕의 몸을 밀어내고 문을 닫았다.

"내가 부를 테니 걱정 말고 가."

덕은 집에서 밀려난 자신의 몸을 바라보았다. 문 손잡이에서 어렵게 손을 뗐다. 발걸음이 질척거렸다.

＊　＊　＊

노인은 인터넷으로 아이를 재우는 방법에 관한 글을 검색했다. 10분 정도 양손을 꼭 쥐어 주라, 리듬과 템포를 두어 아이를 토닥이라, 태내 음 같은 환풍기 소리를 들려주라, 아이의 눈썹과 미간을 문질러 경혈을 자극하라. 환풍기 소리를 들려주려면 화장실에서 재워야 한다는 것만 빼고 문제 될 건 없었다. 이 모든 것을 다 해도 30분이면 충분할 것 같았다. 그래도 잠을 자지 않는 상황이 눈앞에 떠오르면 자신의 침대에서 셋이서 같이 자는 상상을 했다. 아이를 가운데 두니 출산 후 섹스리스가 된 부부가 떠올랐다. 진을 가운데 두고 자야겠어, 라고 노인은 중얼거렸다. 가슴이 요동쳤다. 고양이는 뾰족한 수가 없었다. 방에 가둬 두면 벽지를 긁어 댈 것이다. 공중에 떠다니는 고양이 털을 자신이 다 흡입할 수도 없는 일이다. 노인은 신경 쓰지 않기로 했다.

* * *

노인은 식탁 앞에 섰다. 요리의 순서를 정했다. 멜론 프로슈토는 제일 마지막에 만들면 되었다. 해물 파에야 재료를 다듬고 육수를 준비한 후, 오이 수프를 만들기로 했다. 먼저 씻어야 할 재료들을 골랐다. 오이와 새우, 아구 머리, 홍합, 오징어, 양파, 토마토, 파프리카, 파슬리, 양송이버섯, 셀러리, 당근. 음식 재료들은 신이 오늘 저녁을 위해 창조한 존재들처럼 느껴졌다.

아구 머리에서 눈과 아가미를 제거했다. 이어서 홍합을 손질했다. 수염을 뜯어내고 양손에 쥐고 비볐다. 요리된 홍합을 입으로 가져가는 진의 모습이 머리를 맴돌았

다. 육수에 들어갈 채소를 사방 1.5센티미터로 잘랐다. 칼
질에 조각나는 채소의 서걱거리는 소리가 경쾌했다. 채소
를 넣은 찬물에 허브와 후추를 넣고 끓였다. 그동안 양파
를 얇게 저미듯 썰었고, 일부는 파슬리, 셀러리와 함께 다
졌다. 오이 수프에 쓸 재료였다. 오이 하나는 채를 썰고,
하나는 강판에 갈았다.

생크림과 우유, 플레인 요구르트, 우스터 소스를 그릇
에 넣고 섞었다. 준비한 오이를 그릇에 넣어 휘저은 다음
소금과 후추를 뿌려 간을 봤다. 향이 입안 가득 퍼졌다가
금세 사라졌다. 무엇을 먹었는지도 모를 정도로 끝 맛이
깔끔했다. 다진 파슬리와 셀러리, 양파를 살짝 뿌렸다. 오
이 수프는 우유로 만들어진 땅에서 봄 새싹이 돋아난 것
처럼 보였다. 쿠킹 포일로 감싸 냉장고에 넣었다. 오이 수
프는 차게 먹어야 맛있었다. 진의 입안에 퍼진 오이 향이
진의 숨결을 따라 벌써 노인의 목을 타고 도는 것 같았다.
둥이 노인의 다리에 머리를 비볐다.

"놀아 줄 시간 없어."

"저런."

둥이 말했다.

끓고 있는 육수를 끄고 식혔다. 그동안 시간이 좀 남았
다. 토마토를 끓는 물에 데쳤다. 영국 사람들은 토마토를

사랑의 사과라고도 불렀지, 라고 노인이 중얼거렸다.

"관절이 나쁘면 안 먹는 게 낫지. 강산성이거든."

둥이 말했다.

"제법이군."

노인이 대답했다.

토마토를 꺼내 껍질을 조심스레 벗긴 후 갈라서 씨를 빼고 작게 썰었다. 살짝 익은 토마토는 부드러운 살결 때문에 손에서 자주 미끄러졌다. 노인은 자신이 사랑받을 자격이 있는 사람처럼 느껴졌다.

홍합을 반으로 갈라 빈 껍질은 버렸다. 파에야 위에 새우, 오징어, 파프리카를 얹었다. 하트 말고 다른 모양을 생각하다 홍합으로 '진'이라는 글자를 만들었다. 식탁에 올라와 노인의 요리를 지켜보던 흰눈이 진이라는 글자를 보고는 기겁하며 말했다.

"이런!"

"털 그만 날리고 저리 가."

흰눈이 꼬리를 위로 들어 올려 앞뒤로 흔들었다. 노인을 놀리는 것이었다.

노인은 허리와 어깨가 뻐근했다. 6시 30분이었다. 조금 있다 오븐에 넣고 익히면 해물 파에야는 완성이었다. 멜론을 꺼내 8등분했다. 프로슈토는 멜론 크기에 맞게 자른 후 멜론을 살짝 감싸도록 덮었다. 그 위에 통후추와 레몬을 스치듯 뿌렸다. 멜론 프로슈토는 달콤 짭짜름하면서도 상큼한 신맛이 났다. 6시 55분. 노인이 고대했던 저녁이 시작되기 5분 전이었다.

* * *

와인을 잔에 따랐다. 멜론 프로슈토를 한 조각 입에 넣었다. 짰다. 오이 수프를 꺼냈다. 그릇에 예쁘게 따랐다. 한 입 떠먹었다. 이가 시렸다.

"띠링 띠링."

오븐에 넣어 둔 파에야가 완성되었다는 소리였다. 노인은 파에야를 꺼냈다. 홍합이 삐뚤어져 '진'이 '지ㄴ'처럼 보였다. 노인은 글자를 망친 홍합을 꺼내 먹었다.

휴대폰은 1분 전에 확인했다. 통화 목록에는 '희'라는 이름만 가득했다. 헤어진 아내의 이름이었다. 노인은 준비된 음식을 그 자리에 둔 채 식탁에서 일어나 거실 창가로 갔다. 잠들기 시작한 거리가 보였다. 노인은 통곡의 벽 앞에 무릎을 꿇고 머리를 찧는 노인처럼 유리에 머리를 기댔다. 차가운 기운이 이마를 파고들었다. 하느님, 나를 위해 준비한 게 이겁니까? 노인은 중얼거렸다.

* * *

눈이 내리기 시작했다. 눈은 세상에 대한 적개심을 억
누르지 못했다. 모든 것을 다 덮어 버릴 듯 쏟아졌다. 온
몸으로 눈을 받아 내는 정원의 때죽나무 위로 가로등이
불빛을 끼얹었다. 나무는 유린당하는 시체 같았다.

노인은 소파에 앉아 안주도 없이 와인을 마셨다. 흰눈
이 와인 병에 코를 대고 냄새를 맡더니 저 멀리 떨어져 앉
았다. 담배 생각이 간절했다. 사정이 있겠지, 만약 사정이
없었는데 그랬다면 살모넬라균이 잔뜩 오른 멜론을 먹일
거야, 라고 노인은 생각했다.

소파 테이블 아래서 작은 상자를 꺼내 펼쳤다. 시가가
든 상자였다. 시가가 많이 없었다. 작은 남자아이가 시가
를 가지고 간 것을 노인은 몰랐다. 시가를 코에 대고 냄새
를 맡았다. 상자에 든 커터로 시가 머리를 잘라 내고 라이
터로 토스팅을 했다. 초인종이 울렸다.

인터폰 화면엔 코트에 붙은 눈을 털어 내는 덕의 모습
이 나타났다. 노인은 아무 말 없이 문을 열었다. 덕은 현
관을 들어서며 노인의 신발만 덩그러니 바닥에 있는 것을
확인했다. 노인이 소파에 앉아 시가를 입에 물고 한 모금
빨려던 찰나, 덕이 노인의 손에서 시가를 뺏었다. 노인은

95

저항하지 않았다. 현관문 열리는 소리에 내부 계단을 내려온 둥이 덕의 다리에 머리를 비볐다.

"안 왔어요?"

"못 온 거 아닐까?"

"전화는요?"

"안 해 봤어."

"안 왔어요?"

"아직 예의는 안 배웠나 보지. 왜 다시 왔어?"

"둘이 뭐 하나 궁금해서 왔어요."

"기대에 못 미쳤겠군."

"깜빡하고 엄마 약을 두고 갔어요. 오늘 드실 약도 없어요."

덕은 테이블 위의 와인 병을 들어 천장 샹들리에에 비춰보았다. 반쯤 비어 있었다. 덕은 한숨을 쉬며 부엌 식탁으로 고개를 돌렸다. 음식이 담긴 그릇들이 패잔병처럼 식탁 위에 널브러져 있었다. 와인 병을 들고 부엌으로 갔다. 노인은 맞은편 소파에 올라와 앉을 자세를 잡는 둥을 쳐다보았다. 둥이 위로하듯 속삭였다.

"눈이 와서 못 온 거야."

"집이 코앞인데?"

"네?"

덕이 대신 대답했다.

"큰 놈에게 한 말이야."

"귀신이랑 말하는 것 같다고 했잖아요. 말귀 알아듣는 개나 키우시라니까."

덕은 남은 와인을 버리려다 그냥 식탁에 올려 두었다. 둥이 뾰로통한 표정을 지었다.

"내일 치워. 약 챙겨서 어서 가."

"금방 치워요."

"딩동딩동."

노인은 힐끗 인터폰을 바라봤고, 덕은 고무장갑을 벗었다. 노인이 먼저 인터폰 앞으로 걸어갔다. 덕은 노인이 하는 행동을 무심히 바라봤다. 인터폰 화면에 진의 모습이 보였다. 진의 머리 위로 눈이 쌓이고 있었다.

* * *

노인은 바로 문을 열지 않았다.

"왜 늦었어?"

"아이 열이 안 떨어져서요."

"전화는 왜 안 했어?"

"정신이 없었어요. 저 초췌해 보이지 않아요?"

진이 화면 가까이 다가왔다.

"아이는 어쩌고?"

"들어가서 이야기하면 안 돼요? 배고프고 추워요."

"5분만 추위에 떨고 서 있어."

"그럼 그냥 갈래요."

노인이 문을 열었다. 덕은 다시 장갑을 끼고 음식을 마저 치웠다. 노인이 덕을 보며 말했다.

"파에야 버렸어?"

"쌀이 다 퍼져서 못 먹어요."

"내일 치워. 커피 좀 내려 줘."

덕이 찬장에서 원두를 꺼냈다. 진이 거실로 들어서며 덕이 준비해 놓은 슬리퍼를 신었다. 무릎까지 내려오는 회색 롱스커트에 검은색 스타킹을 신고, 그 위에 검은색 코트를 입고 있었다. 노인은 폼페이의 인간 화석처럼 진을 쳐다보았다. 무언가를 필사적으로 잡으려는 듯 손만 뻗었으면 더할 나위 없이 로맨틱한 자세가 될 뻔했다. 진이 부엌에 있는 덕을 보고 인사했다.

"안녕하세요?"

"그래요."

덕은 살짝 고개를 끄덕이곤 그라인더로 원두를 마저 갈았다.

"저 어디 앉아요?"

"저기."

노인이 거실 중앙의 소파를 가리켰다. 진은 거실 전체를 둘러보며 소파로 걸어갔다. 소파에 앉아 있던 둥이 일어나 진에게 다가갔다. 고양이를 발견한 진은 놀란 표정으로 뒤로 물러서며 겁먹은 목소리로 말했다.

"얘가 흰눈이에요?"

둥은 더 이상 다가가지 않았다.

"둥아, 물어."

노인이 말했다.

"이거 좀 차지 않을까?"

둥이 대답했다.

"둥이구나. 근데 계속 심술부리실 거예요?"

진은 자신을 쳐다보는 둥에게 시선을 떼지 않은 채 자리에 앉았다.

"너 엄청 크구나. 귤이랑 싸울 만하네."

노인은 진의 맞은편 소파에 앉았다. 어떤 표정을 지어야 할지 감이 잡히지 않았다. 진이 거실 벽에 걸린 타월을 바라보며 웃었다. 타월엔 CALL ME. COOL ME. HEAT ME. MEET ME. LIKE ME. LOVE ME.라는 글자가 크게 수놓아져 있었다.

"러브 미(LOVE ME)?"

"슈어(SURE)."

노인이 대답했다.

"뭐예요?"

"물어보니까. 아이는?"

"집 구경 좀 하고요. 근데 술 드셨어요? 얼굴이 빨개요."

"먹고 죽어 버리려 했지."

"항상 극단적으로 말씀하시더라. 구경 좀 해도 되죠?"

진은 거실 왼쪽, 오른쪽을 돌아다니며 하나하나 살폈다. 1층 거실은 중앙을 둘러싼 회색 패브릭 소파와 벽에 걸린 그림 몇 점을 빼고는 휑했다. 천장에는 물방울 모양의 샹들리에가 달려 있었다. 거실 왼편에는 나무 격자 안에 든 에어컨과 그 아래 바나나 모양의 고양이 스크래처가 놓여 있었다. 현관문 양옆으로 커다란 통유리창이 언덕 아래를 향해 달려 있었다.

"너무 휑한 거 아니에요?"

"청소하기 힘들어."

"직접 하시는 거 아니잖아요?"

덕이 커피와 레몬차를 쟁반에 담아 와 테이블 위에 두었다.

"다른 사람이 해도 힘든 건 힘든 거겠죠."

덕이 말했다.

"아, 죄송합니다. 미처 생각을 못했어요."

"뭐 그럴 것까지야. 커피 마셔요."

진이 소파에 다시 앉아 잔을 들고 커피 향을 맡았다.

"잘 마시겠습니다."

덕은 부엌 서랍에 있던 노모의 약을 꺼내 손가방에 넣었다.

"그럼 놀다 가세요."

"레몬차 안 마실 거야. 이거 마시고 가."

노인이 말했다.

덕은 길게 고민하지 않았다. 노인의 오른편에 앉아 레몬차가 담긴 잔을 들었다. 노인은 홀짝홀짝 마셨던 와인 탓에 머리가 조금 어지러웠다. 덕은 물끄러미 진을 바라보았다.

"시가 피우셨어요?"

진이 코를 찡그리며 말했다.

"피우려고 했지."

"그런데요?"

"제가 못 피우시게 뺏었어요."

덕이 말했다.

진은 고개를 끄덕이곤 커피 잔에 코를 들이대며 마시

101

는 척했다. 노인은 진을 바라봤고, 덕은 진을 바라보는 노인을 보았으며, 진은 잔을 든 채 테이블을 응시했다. 덕이 늦겠다며 일어섰다. 세 사람을 등진 채 바닥에 앉아 있던 둥이 놀란 눈으로 뒤돌아봤다. 진도 따라 일어섰다.

"앉아 있어요."

덕은 레몬차가 담긴 잔을 들고 부엌으로 들어갔다. 잔을 씻어 찬장에 넣고 손을 닦았다. 식탁 의자에 놓여 있던 가방을 챙긴 후 신발을 신었다. 진이 고개 숙여 인사했다. 대문이 닫히는 소리가 들렸다. 눈 쌓인 비탈길은 월 스트리트에서 성공 가도를 달리는 젊은 펀드매니저가 걷기에도 험난해 보였다. 눈에도 영혼이 있다면 덕은 분명 말을 걸었을 것이다.

* * *

"아주머니도 있을 거라고 미리 말해 주지 그랬어요?"

진의 얼굴에 얼핏 남아 있던 긴장감이 사라졌다.

"늦을 거라고 말하지 않은 사람이 누군데?"

노인이 말했다.

"그만 화 푸세요. 아이가 아픈데 엄마가 내팽개치고 가요, 그럼?"

"지금은?"

"열이 많이 내렸어요."

"수녀들이 뭐라고 안 그래?"

"자기 아빠랑 있어요."

"애 아빠가 왔어?"

"네."

"얼굴이나 좀 볼까?"

노인이 소파에서 일어났다. 진이 놀란 얼굴로 따라 일어섰다.

"어디 가세요?"

"부엌에 간다. 배 안 고파?"

"같이 있을 때마다 정말 놀라는 거 알아요?"

진이 다시 소파에 앉았다. 소파가 무너질 듯 푹 꺼졌다.

"지금 다시 요리하면 한 시간은 기다려야 해."

"못 기다려요. 배고파요."

"그럼 잠깐만 기다려."

노인은 남아 있는 오이 수프를 접시에 담았다. 바게트를 오븐에 넣고 데웠다. 냉장고에서 치즈를 꺼내 먹기 좋게 조각냈다.

진은 물끄러미 노인의 모습을 바라보았다. 노인이 바게트와 치즈, 오이 수프를 소파 테이블에 위에 놓았다. 진이 오이 수프를 한 입 떠서 먹었다.

"맛있어요."

노인이 바게트에 치즈를 얹어 진에게 건넸다. 진은 크게 입을 벌려 바게트를 입안으로 다 밀어 넣었다. 우걱우걱 씹었다.

"커피랑 같이 마셔."

"술 주세요. 술 먹고 싶어요."

"우선 배부터 채워."

노인은 치즈 바른 바게트를 다시 진에게 건넸다.

"같이 먹으면 돼요."

진은 바게트를 입에 넣고 수프도 떠서 먹었다. 노인은 부엌으로 가 잔에 얼음을 재운 뒤 냉동실에 있던 스미노프를 따랐다. 냉장실에 있던 페르노를 꺼내 두 방울씩 각 잔에 따랐다. 노란 페르노 방울이 얼음과 스미노프 사이로 파고들며 부드럽게 뒤섞였다. 노인이 잔을 들고 소파에 왔을 때 진은 수프를 떠먹으며 훌쩍거리고 있었다. 노인은 술잔을 테이블에 두고 말없이 앉았다.

* * *

"이 그림 진짜예요?"

진이 2층 게스트 룸에 걸린 그림을 보며 물었다.

"당연히 가짜지."

"돈도 많으신데 왜 가짜를 걸어 둬요?"

"고양이 사료 사야 하거든."

"무슨 생각 하고 사시는지 정말 모르겠어요."

"궁금하냐?"

"제가 궁금한 게 그렇게 중요해요? 그냥 말하면 되지."

"무슨 생각 하고 사는지?"

"젊은 여자 안을 생각만 하는 거 아니에요?"

두 사람이 보고 있는 그림은 막스 쿠르츠바일이 그린 「노란 드레스를 입은 여자」였다. 화가의 아내인 마르타가 초록색 의자에 팔을 벌리고 앉아 관객을 나른하게 쳐다보고 있었다. 노인이 빈에서 본 그림이었는데 마음에 들어 모조품을 샀다.

진은 오른손에는 와인 잔을, 왼손에는 불이 붙지 않은 담배를 들고 있었다. 노인 역시 와인 잔을 들고 있었는데 더 마셨다간 침대가 아니라 관에 들어가야 할 것 같았다. 10시 30분이었다. 취침 시간을 넘겼다. 대통령 선거가 있던 날 이후로 처음이었다. 노인은 하품이 나는 것을 억지로 참았다. 그래야 할 것 같았다. 와인 잔을 들지 않은 손으로 벽을 짚고 기댔다.

"저 노란 드레스 입고 싶어요."

"드레스를 보지 말고 저 여자 눈을 봐."

"졸려 보이는데요?"

"아무것도 인정하지 않겠다는 거잖아. 니들이 말하는 거 아무것도 중요하지 않다고. 지금까지 해 왔던 방식은 집어치우라고. 나는 그냥 이런 사람이고 내 마음대로 하겠다고. 저 여자 남편이 그린 거야."

"남편이 그렇게 보라고 시킨 거 아닐까요?"

"넌 남편이 시키는 대로 하냐?"

"전 남편이 없는데요."

"아이 아빠도 여기 온 거 알아?"

"네. 말했어요."

"뭐래?"

"뽑아 먹을 수 있는 만큼 뽑아 먹으래요."

"거짓말."

"말 안 했어요."

"거짓말."

노인은 침대로 걸어가 모서리에 걸터앉았다. 자신은 힘들어 앉은 거지만 더 많은 의미를 담은 행동처럼 보였다.

"돈 필요해?"

"필요하죠. 아주 많이."

"너한테 돈을 주는 건 용납이 안 돼."

"왜요?"

"돈으로 못 사는 게 없는데, 굳이 사람까지 사고 싶지 않아."

노인은 와인 잔을 빙그르르 돌렸다. 와인 향이 노인의 코까지 닿지 않았다. 와인 잔을 들어 올려 코에 대고 향을 맡았다.

"제가 돈 때문에 여기 온 거라면요?"

"똑똑한 척하지 마. 그렇게 똑똑했으면 지금 그 상황이 되지도 않았을 거야."

"상황은 언제든 바뀌잖아요."

진은 와인을 들이켜며 곁눈질로 노인이 앉아 있는 침대를 바라봤다. 안고 싶은 눈치는 아니었다. 어떤 위치에 어떤 자세로 있어야 할지 모르겠는 눈빛이었다. 노인과 진은 별로 친하지 않은 사람의 결혼식장에 온 하객들 같았다. 진이 텅 빈 잔을 책장에 올려놓고 노인 옆에 가서 앉았다. 노인은 와인 잔을 자신의 허벅지 사이에 끼우고 고개 숙여 그 안을 들여다보았다. 말 못할 비밀이라도 숨어 있는 듯 고요하고 적막했다.

*　*　*

"애 아빠가 유부남인 줄 몰랐어."

"그게 중요해요?"

"이상하다 싶을 정도로 상관없어."

"저도 그랬어요."

진이 웃으며 말했다.

"노망난 거 아냐."

"그러면 또 어때요?"

"기대하는 게 없구나."

"근사한 사람과 근사한 저녁을 먹고 싶었어요."

"어쩌지?"

"다음에 해 주세요. 그땐 안 늦을게요."

"애프터 신청하는 거야?"

진은 잔을 내밀었다.

"피곤하시죠?"

그래, 라고 말할 뻔했다. 노인은 말없이 자신의 잔을 진의 잔에 부딪쳤다. 잔이 너무 세게 부딪쳤다. 노인의 잠이 달아났다.

"그만 갈게요."

진이 일어섰다.

"아직 욕실 구경 안 했잖아?"

"금으로 만든 욕조라도 있어요?"

* * *

히노키 욕조엔 물이 다 빠져 있었고, 그 위에 같은 재질의 덮개가 욕조를 가로지르고 있었다. 욕조 옆 협탁에는 노인이 읽던 건축 잡지와 메모지, 분수처럼 생긴 초가 놓여 있었다. 천장에 낮게 매달려 있는 조명이 은은한 불빛을 내보냈다. 불빛을 받은 욕조는 바다 위에 떠 있는 조각배처럼 보였다.

욕실은 두 개의 반투명 유리창과 한 개의 투명 유리창으로 둘러싸여 욕조에 앉으면 창밖을 볼 수 있었다. 2층까지 자란 자작나무가 건물과 1미터 간격을 두고 심어져 외부 시야는 차단되었다. 창밖으로 눈이 내리고 있었다.

진이 히노키 욕조에 들어가 자리를 잡고 앉았다. 다리를 펴고 머리를 욕조에 기댄 채 창밖을 바라봤다. 머리 위치만 빼면 조금 전 본 그림의 여자와 같은 자세였다. 조명을 받은 창밖의 눈이 반짝거렸다.

노인은 맞은편에 자리를 잡고 앉았다. 두 명이 다리를 뻗어도 될 만큼 욕조는 컸다. 둘이 함께 배에 올라탄 것 같았다. 이 배는 눈 위를 저어 가는 듯했다. 눈이 돛대였고 노였으며 방향키였다.

"담배 피워도 돼요?"

"매너 없는 건 이미 알고 있어."

"피우지 마요?"

"나도 한 모금 빨게 피워."

진은 담배에 불을 붙이고 얕게 빤 후 고개를 들어 천장을 향해 연기를 내뱉었다. 담배를 노인에게 내밀었다. 노인은 담배를 받아 길게 빨았다. 머리가 핑 돌았다.

"여기서 아이랑 목욕해도 돼요?"

"같이 하게 해 주면."

"크큭."

"아이 아빠가 조금만 더 기다려 달래요."

노인이 다시 담배를 진에게 주었다.

"나는 아무것도 강요 안 해."

"그 사람 아마 기다리면 나한테 올 거예요."

"잘됐군. 잘 모르겠다는 말은 하지 마."

"근데 진짜 잘 모르겠어요."

노인은 다시 담배를 달라고 손짓을 했다. 진이 담배를 건네주었다. 남은 담배가 많았지만 탁구공을 주고받듯 담배 하나를 함께 피웠다. 필터에 진의 립스틱이 엷게 묻어

났다. 노인은 한 모금 더 빨았다. 어지러움은 여전했다. 진은 방금 따른 와인을 마저 비웠다.

"나는 아무것도 강요 안 할 거야. 약속도 할 수 없어. 너는 미혼모에 예의도 없고 바보 같아도 나는 지금이 늘 최대치고 한계야."

"얼마나 더 사실 수 있어요?"

"내일 아침에 죽을 거야."

노인이 담배를 다시 진에게 건넸다.

"그럼 안 되죠. 안 돼요, 그럼."

담배는 필터 끝까지 타들어 가 더 피울 수도 없었다. 진은 담배에 붙은 불꽃이 사그라지는 모습을 지켜보았다.

"내일 아침에 내가 살아 있으면 그때 가서 고민해도 안 늦어. 그리고 또 하루가 갈 거야. 나는 그다음 날 또 살아 있을지도 모르지. 그다음 날도. 또 그그다음 날도. 그그그다음 날도."

진이 말을 끊었다.

"알았어요. 그만해요. 그러다 숨넘어가서 죽겠어요."

"와인 더 마실래?"

노인은 이미 한계를 넘어섰다. 휴대폰 진동이 히노키 욕조를 약하게 두드렸다. 저항할 수 없는 안도감과 말할 수 없는 아쉬움이 노인의 몸을 흔들었다. 진이 호주머니

111

에서 휴대폰을 꺼내 받았다. 알았어요, 라고 말하고 전화를 끊었다.

"아이가 깼나 봐요. 가 봐야겠어요."

진이 담배를 다시 노인에게 건넸다. 노인의 손가락 끝에서 담뱃불이 소멸했다.

"배웅할 힘은 남았는데 내일을 위해 아껴야겠어. 조심해서 가."

"침실까지 가실 수는 있겠어요?"

"기어서 가면 돼."

"농담 그만하시고요."

"갈 수 있어."

진은 스커트에 묻은 물기를 닦아 내고 욕조 밖으로 나갔다. 내부 계단을 내려가며 여기 너무 위험해요, 라고 말했다. 진이 현관을 나갔다.

노인은 창밖을 바라봤다. 기약 없는 날들이 떨어지는 눈 아래서 허물어져 내렸다. 저 눈이 부추기는 것이 무엇인지 노인은 알고 있었지만 일어설 수 없었다. 그 자리에서 깜빡 잠이 들었고 새벽에 깼다. 욕조는 생각보다 따뜻했다. 노인은 정말로 기어서 침실로 갔다. 잠이 오지 않았다. 일어나 이를 닦았다. 리스테린으로 가글하고 세수를 한 후 손과 발을 씻었다. 쓰러지듯 침대에 누웠다. 다시

일어나 거실로 나갔다. 통유리창 앞에 섰다. 언덕 아래의
세계가 눈 속으로 사라지고 있었다.

4

덕은 평소보다 서둘러 노인의 집으로 향했다. 허겁지겁 지하철역 계단을 올라와 마을버스를 기다렸다. 마을버스가 정류장에 멈춰 섰다. 기사가 아는 척을 했다. 덕은 대꾸 없이 중앙에서 왼편에 있는 1인 좌석에 앉았다. 덕은 누구도 쳐다보지 않았다. 세상의 모든 소리가 눈 속에 파묻힌 것 같았다.

마을버스 기사는 버스를 출발시키지 않은 채 운전석 위에 있는 백미러로 덕을 바라보며 같은 말을 반복했다. 덕은 말을 붙이면 반드시 친절하게 대답해 줄 것같이 생겼고 실제로도 그랬다.

"눈이 너무 많이 왔어요. 온종일 치워도 이거 다 못 치위요."

버스 기사가 재차 말했다.

"네?"

"무슨 생각을 그렇게 하세요?"

버스 기사가 웃었다.

"아."

덕은 그제야 버스 안과 창밖을 둘러봤다. 덕의 오른편
에는 중년의 남자가 좌석 손잡이를 잡은 채 졸고 있었다.
거리는 불면증에 빠진 사람의 베개처럼 온통 눈에 짓눌려
있었다. 기사가 버스를 출발시켰다.

"정말 많이 왔네요."

덕이 말했다.

"언덕까지 버스가 올라갈지 모르겠어요. 정류장에서
내려서 걷는 게 더 안전할지 몰라요."

덕이 멀리 언덕 위로 보이는 노인의 집을 바라보며 말
했다.

"뭐 큰일이야 있겠어요?"

버스는 언덕을 낑낑거리며 올라가다 멈춰 섰다. 덕은
중간에 내려 노인의 집까지 걸어갔다. 노인이 스트레칭을
할 시간이었다. 노인이 깨어 있을 때는 보통 초인종을 눌
렀지만, 오늘은 비밀번호를 눌러 문을 열었다.

* * *

현관에 진의 신발은 보이지 않았다. 덕은 거실을 훑어
보았다. 인기척이 없었다. 덕은 노인의 침실로 다가갔다.
빠르게 문을 두 번 두드렸다. 반응이 없었다. 빠르게 한
번 더 두드리고 문을 열었다. 노인의 얼굴이 천장을 향하
고 있었다. 덕은 소리 죽여 노인의 머리맡으로 걸어갔다.
노인은 눈을 뜨고 있었다.

"안 죽었어."

"놀라게 좀 하지 마요."

"들어오라는 말 안 했어."

"아침마다 엄마 코 밑에 손을 대 봐요. 살았는지 죽었
는지. 여기서까지 그러고 싶진 않아요."

"점심때까지 안 일어나면 주치의한테 전화해."

"어디 아파요?"

"어젯밤에 무슨 일이 있었는지 기억이 잘 안 나."

덕은 침대 곁에 무릎을 꿇고 앉아 이불 밖으로 나와 있
는 노인의 오른손을 자신의 두 손으로 꼭 쥐었다. 붉은 피
가 도는 따뜻한 손이었다.

"손이 차다."

노인이 말했다.

* * *

아침은 황탯국이었다. 간장으로 간하는 것을 노인이 싫어해 마른 멸치와 다시마로 낸 육수를 받게 끓여 간을 맞추었다. 노인은 꾸역꾸역 먹었다. 늙은 호박을 반으로 쪼개 씨를 발라내고 설탕, 버터, 소금으로 간을 한 후 오븐에서 구워 낸 후식도 먹었다. 루이보스티를 곁들였다. 루이보스티는 카페인이 없고 노화 방지에 좋은 차였다. 덕도 아침을 함께 먹었다. 덕은 10킬로그램짜리 아령을 들어 올리듯 숟가락질을 했다. 라디오에서 멘델스존의 「무언가」 중 「베니스 곤돌라의 노래」가 흘러나왔다.

"궁금한 거 없어?"

노인이 호박을 떠먹던 숟가락을 내려놓으며 말했다.

"말할 거리나 있어요?"

"아침 밥상에서 말하기는 좀 진한데 괜찮겠어?"

"몸 생각 좀 하세요."

"걔 생각할 시간도 모자라."

덕은 자신이 먹던 호박과 노인이 먹다 남긴 호박을 싱크대로 가져갔다. 호박을 음식물 분쇄기에 넣고 세기를 강으로 해서 갈았다. 호박이 덜거덕거리며 산산조각이 났다. 노인은 왼팔을 옆 의자에 걸친 채 오른손 집게손가락,

중지, 약지로 테이블을 두드렸다. 덕은 노인에게 등을 돌리고 분쇄기만 바라봤다.

"호박도 갈아서 버려야 해?"

"복상사 알죠?"

덕이 분쇄기에서 덜어 낸 호박을 음식물 쓰레기봉투에 쓸어 넣었다.

"전생에 무슨 일을 해야 그렇게 죽을 수 있는지 늘 궁금했어."

"살아생전에 무슨 일을 했는지가 더 중요한 거 아니에요?"

노인은 머릿속 일기장을 꺼내 암산했다.

"나는 자격이 있는 것 같아."

"콘돔은 썼어요?"

"집에 그런 게 있어?"

덕은 노인을 힐끗거리며 행주로 식탁을 닦았다. 식탁을 한 꺼풀 벗겨 낼 생각인 듯했다. 노인은 식탁을 두드리던 손을 아래로 내리고 손가락을 꼼지락거렸다. 음악이 끝나고 노인이 사는 동네의 또 다른 부잣집에 도둑이 들었다는 뉴스가 흘러나왔다. 노인은 듣고 덕은 듣지 못한 것 같았다.

"태어나서 지금까지 콘돔을 써 본 적이 한 번도 없어.

118

알지, 어떻게 쓰는지?"

"알아도 안 가르쳐 줘요."

"사실 어떻게 자는지도 잊어버렸어. 사정하고 나서 남자가 짓는 표정이 어때야 했지?"

"보여 드려요?"

* * *

노인이 거실 창가로 다가가 암막 커튼을 옆으로 젖혔다. 거실 밖은 어린 자식 버리고 도망가는 여자의 짐 가방처럼 어수선했다. 고양이들이 달려와 우중충한 햇빛의 냄새를 맡았다. 덕이 노인 곁에 섰다. 덕의 눈이 노인의 시선을 따라갔다. 노인은 건너편 언덕을 따라 줄지어 선 오래된 성곽을 바라보았다. 그 너머에는 얼음으로 지어진 수정궁이 있을 것 같았다. 성곽 아래 펼쳐진 집과 나무들은 눈에 덮여 한층 따뜻하고 아늑해 보였다. 보육원 2층 테라스에도 눈이 잔뜩 쌓여 있었다. 노인의 시선은 테라스 뒤로 보이는 네모난 거실 창에 오래도록 멈추었다. 1층 현관문이 열렸다. 노인은 덕의 뒤로 몸을 숨겼다. 레베카 수녀가 P삽을 들고 나와 문 앞에 쌓인 눈을 치웠다. 그 눈을 문 옆으로 다 치워 내면 레베카 수녀 키만큼 쌓일 것 같았다.

"인부들 불러서 보육원 앞까지 눈 좀 치우라고 해."

노인이 말했다.

"저희 집 앞에도 눈 많이 쌓였어요."

"나는 눈이 마음을 정화해 준다고 생각해."

덕이 갑자기 거실 창을 열더니 레베카 수녀에게 반갑게 인사를 했다. 노인은 도망치듯 2층으로 올라갔다. 고양이들은 거실 앞 테라스에 쌓인 눈을 밟아야 할지 말아야 할지 고민했다.

* * *

노인은 약들이 진열된 책장 앞에 의자를 놓고 앉았다. 위에서부터 아래로 쭉 훑어보았다. 리바스티그민, 테놀민, 스프렌딜, 레니프릴, 마카르디스. 어느 약에도 시선이 오래 머물지 않았다. 위안도 되지 않았다. 비아그라에서 시선이 잠깐 멈추었다. 어젯밤 자신이 발기한 적이 있는지 곰곰이 생각해 보았다. 없었다. 안절부절못했던 기억도 없고 무언가 잘못되었다는 생각도 들지 않았다. 18남 4녀를 둔 세종대왕은 수탉 고환을 밥처럼 먹었다. 비스마르크, 나폴레옹, 카사노바는 굴이라면 환장을 했다. 수탉 고환과 굴의 대용으로 비아그라를 산 것은 아니었다. 덕과 담당 주치의를 웃기기 위해 샀다. 그것은 노인만의 유머 방식이었다. 상대방에게 비웃을 기회를 줌으로써 빈틈을 넓혔다. 유머는 그 틈에서 솟아났다. 자신에게 틈이 생기면 갖은 비아냥과 독설을 퍼부어도 상대방은 아무것도 방어하지 않았다. 그저 웃었다. 진도 그랬다.

진은 바로 곁에 있었고 숨소리까지도 엿들을 수 있었다. 그녀의 웃음이 귀를 간지럽혔다. 노인은 진과 자신이 진짜 배에 탄 것은 아니었을까 생각했다. 두 사람은 목적지가 어디인지도 모른 채 계속 노를 저었고 오직 노를 젓는 것만이 두 사람의 존재 이유인 듯 여겨졌다. 진은 손 내미는 사람 없는 불구덩이를 피해 배에 오른 것 같았고 자신은 정체가 불분명한 무언가를 뒤쫓고 있는 듯했다. 그것이 무엇인지 퍼뜩 떠오르지 않았다. 창문 너머로 까마귀가 날아가는 모습이 보였다.

"수영하러 가."

흰눈이 서재 책상에 앉아 노인에게 말했다.

"오늘 또 볼 수는 없겠지?"

"그건 모르지. 오늘 와도 당신이 한 시간 뒤에 죽을지도 모르고."

"나는 초를 살고 분을 살지."

"바보 같아. 수영이나 해"

"같이 할까?"

흰눈은 앞으로 뻗은 두 발 위에 자신의 머리를 내려놓고 눈을 감았다. 노인은 평소보다 10분 더 스트레칭을 했고, 턱걸이는 다섯 개를 더 했다. 그리고 흔들의자에 앉아 한 시간 동안 잠을 잤다. 덕이 서재로 들어와 커튼을 닫고 보일러 온도를 2도 높였다.

* * *

노인이 깨어났을 때 인부들이 정원에 쌓인 눈을 치우고 있었다. 올레 국숫집에서 마주친 인부들이었다. 2층 창가에서 노인이 자신들을 지켜보는 것을 발견한 젊은 인부가 고개 숙여 인사했다. 노인이 오른손을 살짝 들었다. 늙은 인부는 출입구를 치우고 있었다. 덕이 따뜻한 물을 가져와 노인에게 건넸다.

"수영 가방 좀 챙겨 줘."

"지금 가려고요? 괜찮으시겠어요?"

"작은 놈이 가라고 하네."

"또 그러신다. 고양이들이 무슨 말을 해요? 그리고 개들 목욕시킬 때마다 중국 광둥성에서 살고 싶어지는 거 아세요?"

"거긴 왜?"

덕은 질문에 바로 대답하지 않았다.

"아무튼, 수영장이 걔들한텐 지옥이에요."

덕은 노인의 기억력을 시험해선 안 되겠다는 듯 서둘러 서재를 나갔다.

"인부들, 점심 줘서 보내. 아니, 수영장 갔다 오면 같이 먹자고 그래."

"왜요?"

"물어볼 게 있어."

"뭘 준비해요?"

노인은 중국 광둥성에 대한 기억을 떠올렸다.

"음. 고양이 요리만 아니면 돼."

덕이 재빨리 계단을 내려갔다. 광둥성엔 고양이와 코브라를 잔뜩 굶겨 싸움을 시킨 뒤 진 놈을 먹는 요리가 있었다. 요리 이름은 용쟁호투였다.

* * *

멀리 보이는 산의 골격이 눈 때문에 더욱 도드라졌다. 눈사람이 도시를 삼켰다가 뱉어 낸 것처럼 모든 곳에 눈의 흔적이 가득했다. 집들의 지붕은 흐느적거렸고, 가로

등은 눈의 바다에 떠 있는 부표 같았다. 회색 털이 엉겨 붙은 개 한 마리가 인도와 차도의 경계를 밟으며 언덕 위로 내달렸다. 길고양이들은 어디 한적한 곳에 이글루를 만들고 들어가 몸이라도 녹이는 듯 한 마리도 보이지 않았다.

캐리어 할멈이 노인보다 100미터쯤 앞서 비탈길을 내려가고 있었다. 작고 통통한 캐리어 할멈은 흰색 비니를 쓰고 있어 마치 눈사람이 걸어가는 것처럼 보였다. 할멈의 캐리어는 끌려가는 것 같기도 했고 들려 가는 것 같기도 했다. 노인은 걷는 속도를 늦추었다. 그녀는 열 걸음쯤 걷다 쉬고 또 열 걸음쯤 걷다 쉬었다. 쉴 때는 허리를 쭉 펴며 언덕 위를 향해 고개를 돌렸다. 노인은 할멈이 고개를 돌릴 때마다 자신도 고개를 돌려 언덕을 올려다보거나 남의 집 현관에 바짝 붙어 몸을 가렸다. 동심으로 돌아간 기분은 아니었다. 캐리어 할멈이 또 멈추고 고개를 돌렸다. 이번엔 오랫동안 지켜보았다. 노인은 뻔뻔한 표정을 지었다. 캐리어 할멈은 노인이 다가오는 것을 뚫어지게 쳐다보았다. 할멈의 시선은 노인이 있는 곳보다 더 위쪽을 향해 있었다. 노인이 등 뒤로 고개를 돌렸을 때 남자 하나가 손으로 자신의 눈을 가리며 자신과 똑같이 고개를 돌렸다. 조금 전 할멈을 피해 고개를 돌렸을 때는 보지 못한 남자였다. 어디서 본 듯한 남자였지만 확실치는 않았다. 노인은 다시 고개를 돌리고 언덕을 내려갔다. 노인이 자신의 바로 앞까지 걸어왔음에도 할멈은 여전히 언덕 위만 쳐다보았다.

"아는 사람이야?"

"누구?"

"저 남자."

캐리어 할멈이 언덕 위를 턱으로 가리켰다. 노인이 고개를 돌렸을 때 남자의 모습은 보이지 않았다. 비탈길 중간에 있는 골목길로 들어간 것 같았다.

"남자가 왜?"

"당신이랑 똑같이 굴더라고."

"내가 어쨌는데?"

"계속 눈을 피했어."

노인은 남자가 사라진 골목길을 다시 바라보았다.

"난 그런 적 없어."

"그래? 그럼 이거 노인정까지만 들어다 줘. 무거워 죽겠어."

노인은 캐리어를 끌고 노인정까지 걸어갔다. 오른쪽 바퀴가 망가진 캐리어는 끄는 것보다 드는 것이 훨씬 수월했다. 캐리어 할멈은 어제 저녁에 뭐 했느냐고 계속 물었

지만 노인은 자신의 뒤를 따르던 남자를 생각하느라 아무
런 대꾸도 하지 않았다.

"그런 모자는 어디서 주운 거야?"

노인은 캐리어 할멈에게 그 말만 남기고 수영장에 가
기 위해, 왔던 길을 되돌아갔다. 남자가 누구인지 떠오르
지 않았다. 노인의 뒤를 따르던 또 다른 남자가 있었다는
사실은 캐리어 할멈도 눈치채지 못했고 골목길로 몸을 숨
긴 그 남자도 알지 못했다.

* * *

평일 오전의 실내 수영장에선 주부 수영 교실과 자모
수영 수업이 동시에 진행되고 있었다. 중년 여성들과 젊
은 엄마들, 엄마 배 속에서 수영하다 밖으로 나온 지 몇
년 되지 않은 아이들이 앳된 강사들로부터 발차기를 배우
거나 손목, 발목 튜브를 끼고 어설프게 유영을 흉내 냈다.
그중에서 자유형, 배영을 거쳐 평영까지 간 사람은 드물
었다. 배영을 배우고 나면 바다에 던져져도 살아남을 것
같은 자신감을 드러내는 사람들도 있었다. 그래도 수영장
과 태권도 도장을 구분하지 못하는 사람보다는 나았다.
뜨문뜨문 나와 매번 발차기만 하다가 가는 치가 대부분이

었다. 간혹 원형 튜브를 허리에 낀 채 몸에 물을 끼얹듯이 물놀이를 하는 노인들도 보였다. 치료 목적으로 물 안에서 왔다 갔다 걸어 다니기만 하는 노인도 있었다. 노인들은 제일 가장자리의 레인에 있는 경우가 많았다.

수영장은 6레인으로 구성되어 있었고 중앙의 3, 4레인은 숙련자들이 주로 썼다. 노인은 가볍게 몸을 푼 후 아무도 쓰지 않는 4번 레인을 사용했다. 수영 수업은 아이들은 1, 2레인에서, 성인들은 5, 6레인에서 이루어졌다. 노인은 평영으로 왕복 50미터를 오간 뒤 발에 오리발을 끼고 배영으로 바꿔 수영했다. 노인은 배영을 제일 좋아했다. 특히 초여름, 사람이 드문 실외 수영장에서의 배영은 마치 구름을 휘저으며 나아가는 듯한 착각을 불러일으켰다. 또 몸에 힘만 잘 빼면 팔다리를 움직이지 않고도 물 위에 떠 있을 수 있었다.

과거에 노인은 아내와 함께 시애틀 튜브링 소사이어티 회원들이 튜브를 허리에 하나씩 낀 채 물에 떠서 와인도 마시고 바이올린도 연주하는 사진을 본 적이 있었다. 다 부러웠는데 딱 한 가지, 튜브가 눈에 거슬렸다. 괴상망측한 모자를 뒤집어쓴 중년의 남녀가 튜브를 사용해 물 위에 엉거주춤 앉아 있는 모습을 보면 튜브를 뒤엎고 싶은 충동이 일었다. 거위를 모욕하는 인간의 오만 어쩌고 하는 말을 아내에게 하기도 했다. 노인의 아내는 심술 좀 그만 부리라며 면박을 줬다. 노인은 그날 이후 몸에 힘을 빼는 연습을 했고 한 달 만에 아무런 동작 없이 물 위에 떠있을 수 있었다. 중력은 인간을 지상에 기어코 잡아 두었지만, 부력은 중력을 뿌리치며 인간을 자유롭게 풀어 주었다. 노인은 그런 힘이 자신 안에 있다는 것을 잊었고 지금은 생각조차 하지 않았다.

노인은 실내 수영장 천장을 바라보며 오리발을 낀 발로 유유히 킥을 했다. 물의 저항이 느껴지지 않는 숙련된 발차기였다. 상체를 바로 폈다고 생각했지만, 코로 물이 차올랐다. 팔을 저을 때 튄 물이 얼굴을 계속 때렸다. 레인의 반환 벽 3미터 전에 방향 전환 동작을 해야 했지만 반환 벽에 팔이 부딪히고 나서야 레인의 끝에 다다랐음을 깨닫기도 했다.

노인은 물 밖으로 나와 상체를 쭉 펴고 스트로크 동작을 몇 번 연습한 후, 다시 물에 들어갔다. 하체에 완전히 달라붙는 파란색 사각 수영복과 파란색 수모, 노란색 오리발을 낀 노인의 모습은 사람들의 이목을 끌기에 충분했다. 물기에 젖은 노인의 피부가 번들거렸다. 노인은 멋지게 레인을 돌고 싶었다. 이번에도 물이 코를 타고 들어왔다. 방향 전환도 제대로 되지 않았다. 방향 전환을 위해

물속에서 머리를 회전시킬 때 수영장 밑바닥에 자신을 따라왔던 남자의 뒷모습이 어른거렸다. 노인은 동작을 멈추고 물 위로 머리를 길게 뻗어 올렸다. 참았던 숨을 한꺼번에 내쉬었다. 3번 레인 반환 벽에 앉아 수영장에 발만 담그고 있던 꼬마가 노인을 보며 웃었다. 노인은 집에 가서 작은 놈을 목욕시켜야겠다고 다짐했다.

* * *

수영장 밖에서 노인을 기다리는 사람은 없었다. 숨어서 지켜보는 사람이 없나 둘러보았지만, 주의를 기울이진 않았다. 숨어 있다면 찾을 수 없을 것이다. 영하 4도의 날씨에 누군가 한 시간을 밖에서 떨며 자신을 기다려 줄 정도로 가치 있는 일을 한 기억도 없었다. 노인은 성큼성큼 집으로 향하다 고개를 재빨리 등 뒤로 돌렸다. 아무도 없었다. 그렇게 몇 번 반복하니 더 허기가 졌다.

진과 관계된 그 유부남일지 모른다는 생각이 들었다. 못난 사내들은 자신의 애인이나 아내와 문제를 해결하려 하기보다는 바람난 남자를 상대하려 들었다. 복싱 선수가 사각의 링에 올라 바둑 기사와 세팍타크로 같은 걸로 승부를 보자는 꼴이었다. 상대도 문제도 제대로 파악하지 못하는 이해력을 가졌으니 아내나 여자 친구가 이 모텔 저 모텔 전전하게 되는 것이다. 그 유부남이 못난 놈인 건 확실했지만, 자신을 상대로 여길지는 의문이었다. 자신의 뒤를 쫓던 남자의 정체를 파악하는 데 얼마나 시간이 걸릴지도 생각해 보았다. 그때까지 살아만 있어도 다행이었다.

*   *   *

인부들이 보육원 앞의 눈을 치우는 모습이 보였다. 레베카 수녀가 종이컵에 담긴 차를 들고 인부들의 작업을 옆에서 지켜보고 있었다. 노인은 보육원 2층 테라스를 올려다보았다. 진은 보이지 않았다. 노인이 보육원 앞에 다다랐을 때 인부들이 하던 일을 멈추었다. 인부들의 얼굴엔 땀이 가득했다. 레베카 수녀가 들고 있던 차를 인부들에게 건넸고, 노인에게는 유다의 고해성사를 들은 듯한 눈빛을 보냈다.

"밥 먹을 시간 되지?"

노인이 인부들을 지나쳐 걸으며 말했다.

"아휴, 저희야 너무 감사하죠."

젊은 인부가 대답했다.

"깨끗하게 치워."

* * *

덕은 서로인으로 스테이크를 만들었다. 서로인은 소의 등허릿살인데 영국 국왕이었던 찰스 2세가 좋아해 기사 작위까지 수여한 부위였다. 권력을 가진 남자들이 어처구니없는 일을 아무렇지 않게 하는 것은 인류 공통이었다. 서로인은 지방이 적고 살코기가 많아 부드럽고 담백했다. 스테이크는 핏기가 겉에서 보이지 않을 만큼만 구웠다. 노인이 그렇게 먹었다. 아스파라거스를 끓는 물에 살짝 데친 후 올리브유와 다진 마늘, 소금을 사용해 다시 구웠다. 오븐에 올리브유를 뿌린 파프리카, 가지, 양파를 넣어 구운 다음 식혀 식초, 소금, 다진 마늘, 올리브유를 섞은 소스를 뿌린 샐러드를 준비했다. 술은 레페 브라운을 몇 병 준비했다. 인부들에게 줄 술이었다. 노인은 맥주를 즐겨 먹지 않았지만 마실 때는 에일 맥주만 마셨다.

* * *

노인이 식탁 중앙에 앉고 맞은편에 인부들이 앉았다. 인부들의 손은 퉁퉁 부어 있었다. 젖은 장갑을 끼고 작업을 했기 때문이었다. 노인은 두 사람의 얼굴을 가만히 들여다보았다. 둘 다 아내의 가사 일을 도와주게 생긴 얼굴은 아니었다. 늙은 인부는 식탁에 놓인 소금 통과 후추 통을 바라봤고, 젊은 인부는 거실을 두리번거렸다.

"이 일을 한 지 얼마나 됐지?"

노인이 늙은 인부를 보며 물었다.

"3년쯤 됐습니다. 보일러 수리를 했었는데 잘 안 됐어요. 보일러 교체 주기도 점점 늘어나고 또 요즘은 잔고장이랄 것도 별로 없더라고요. 빚만 늘리다가 가게를 접었습니다. 이 동네는 보일러도 다 명품을 쓰나 봐요. 수리해 달라는 전화를 받은 기억이 거의 없거든요."

늙은 인부가 소금 통을 손으로 만지작거리며 쓸쓸하게 웃었다.

"아버지가 철물점을 하셨는데 거기서 일을 좀 배웠어요. 그러다 이 형님 만나서 이것저것 하게 되었죠. 근데 어르신, 저 벽에 걸린 그림들 진짜 비싼 것들이죠?"

젊은 인부가 오른쪽 벽을 가리키며 물었다. 거실의 왼쪽 벽에는 바바라 쿠르거의 타월이 외로이 걸려 있었고 오른쪽 벽에는 모리츠 루드비히 폰 슈빈트의 「아침 시간」과 마리아노 포르투니 이 카르보의 「포르티시 해변의 누드」, 요제프 리플 로나이의 「새장을 든 여인」이 나란히 걸려 있었다. 진품은 아니었다.

"마음에 드는 게 있나?"

"저 왼쪽 벽에 영어로 써 놓은 건 그림인가요?"

"아주 비싼 거지."

타월은 60유로 정도면 살 수 있는 것이었다.

"오른쪽 그림들은 다 여자를 그렸네요."

"안목의 기본이 바로 공통점과 차이점을 찾는 거야. 기본이 되어 있구먼. 비싼 거 잘 알아보지?"

"제가 보는 눈은 있다고 그러더라고요."

젊은 인부가 허세 없이 말했다. 늙은 인부는 여전히 소금 통을 들고 이리저리 살펴보았다. 에펠탑을 본떠 유리로 만든 흔한 양념 통이었다. 젊은 인부는 포르투니 이 카르보의 그림에서 눈을 떼지 못했다.

"실례가 안 되면 저 그림 가격이 얼마나 되는지 여쭤봐도 되나요?"

젊은 인부가 엉덩이가 드러난 여자를 손가락으로 가리키며 물었다. 덕은 접시에 담은 스테이크를 한입 크기로 자르고 있었다. 인부들을 위한 배려였지만 나이프를 든 덕의 손에 힘이 들어갔다. 스테이크는 무참히 조각났다.

"피카소와 피노키오를 구분 못하는 사람한테도 1억 이상은 받을 수 있는 그림이지."

"진품이죠? 아, 죄송합니다, 어르신. 당연히 진품이겠죠."

젊은 인부가 실수했다는 듯 머리를 긁적였다. 늙은 인부가 소금 통을 내려놓고 벽에 걸린 그림을 진지하게 쳐다보았다.

"피카소는 저런 그림을 그린 적이 없지 않습니까?"

"피카소는 그림 같은 그림을 그린 적이 거의 없지."

세 남자가 벌거벗은 여자의 엉덩이를 쳐다보며 웃었다. 덕이 식탁에 스테이크와 샐러드를 가져다 놓고 레페 전용 잔에 맥주를 따랐다. 노인의 접시를 뺀 나머지 접시엔 스테이크가 넘치도록 썰려 있었다.

"아주머니는 안 드세요?"

늙은 인부가 덕을 보며 말했다.

"저는 조금 있다가 먹을 거예요."

"같이 먹자."

노인이 말했다.

"그림 감상하시는데 제가 방해될 것 같아서."

덕은 앞치마를 벗어 싱크대 옆에 걸쳐 두고 외투도 입지 않은 채 정원으로 나갔다. 인부들은 속옷에 구멍 난 것을 들킨 사람들처럼 민망해했다.

"저 그림을 너무 비싸게 주고 사서 그러는 거야."

노인이 건배하자는 듯 잔을 들었다. 젊은 인부와 늙은 인부도 잔을 들었다. 젊은 인부와 늙은 인부가 동시에 말했다.

"잘 먹겠습니다."

"이렇게 만나는 일이 더 많았으면 좋겠구먼."

노인의 말에 담긴 의도를 인부들이 어떻게 받아들였는지는 모를 일이다. 인부들은 잘 먹고 잘 마셨다.

* * *

인부들은 돌아가고 덕과 노인만 집에 남았다. 해가 지고 있었다. 노인은 오디오실 카우치에 앉아 있었다. 어떤 음악을 들어야 할지 결정할 수 없어 아무것도 틀어 놓지 않았다. 과거 자신이 그 시간에 무엇을 하고 있었는지 되새겨 보았다. 기억나지 않았다. 책을 본 것 같지도 않았고 영화를 본 것 같지도 않았다. 가만히 앉아 있었던 것 같다. 뜨문뜨문 죽어 있기도 했다. 술 생각이 났다. 얇게 썬 오이에 헨드릭스 진과 토닉워터를 섞어 만든 칵테일을 마시고 싶었다. 노인은 진과 한 잔이라도 더 하려면 참아야 한다고 생각했다. 살아생전 마실 수 있는 술의 총량이 있다면 자신에게 남은 양은 2000씨씨 정도가 아닐까 생각했다.

노인은 진이 아이를 안은 채 침대에 앉아 있는 모습을 상상했다. 진은 정면의 벽을 바라보며 생각에 잠겨 있고 진의 품에 안긴 아이는 해가 지는 창을 바라본다. 진은 한참을 그러고 있다 아이를 침대에 눕힌다. 협탁 위에 있는 휴대폰을 잡는다. 번호를 누른다. 자신에게 전화한다. 노인이 무엇을 하면 좋을지 말해 준다. 약을 드세요, 운동하세요, 잠을 자세요, 영화를 보세요, 책을 읽으세요, 산책하세요, 전화하세요. 노인은 휴대폰을 손에 쥐고 번호를 눌렀다.

"보고를 해야 한다 싶었지. 바빠? 바쁠 일이 뭐가 있어? 짜증 내지 말고 들어줘. 같이 밥을 먹었어. 아, 늦게 와서 제대로 먹지는 못했어. 다시 해 달라고 하더라고. 그래서? 그러겠다고 했지. 그럼 안 된다고 그래? 당신도 그렇게 말했을 거야. 누구나 그렇지. 아니라고? 술은 깼어. 간만에 술을 좀 많이 먹긴 했지. 억울해? 간이 당신보다 좋은 걸 어떡해? 담배도 피웠어. 시가는 안 피웠어. 좋았어. 죽을 생각이냐고? 그런지도 모르지. 아니야, 살고 싶어. 마음 내키는 대로 하고 있어. 그럼 안 되는 이유가 뭐야? 모르겠어. 걔는 무슨 생각인지 모르겠어. 진짜 모르겠어. 알아도 상관없고 몰라도 상관없어. 무간지옥? 알지. 당신이 옆에 있어 줄 거잖아. 이기적이긴. 진짜 혼자 둘 거야?"

"저녁 혼자 드셔야 할 것 같아요."

덕이 문을 열며 말했다. 노인이 다시 할게, 라고 말하며 휴대폰을 끊었다. 덕은 걱정스러운 표정으로 노인을 바라보았다.

"무슨 일 있어?"

이번에는 노인이 걱정스러운 표정으로 덕을 바라보았다.

"엄마가 의식이 없다고 전화가 왔어요. 일하시는 아주머니가 119를 불렀데요."

"내 담당 주치의한테 전화해서 그쪽 병원으로 옮겨 달라고 해."

노인은 이미 부고를 접한 것 같은 표정이었다.

"일단 가 보고요. 잔치국수 육수 준비해 뒀어요. 면만 넣어 끓여 드세요. 양념장은 냉장고에 있어요."

"알았어. 별일 없을 거야."

"어떤 게 좋은 건지 모르겠어요."

"그럼 나랑 무간지옥에서 만나게 될 거야."

"외롭진 않겠네요."

"네가 아는 모든 사람, 내가 아는 모든 사람 다 거기서 만날 거야."

"심술부리지 마세요. 엄마는 안 돼요."

* * *

　노인은 거실 소파에 앉아 몸을 웅크렸다. 시가를 피우고 싶었다. 참았다. 잠이 들면 뒤숭숭한 꿈이 찾아올 것 같았다. 즐거운 생각을 하며 잠이 들고 싶었다. 가톨릭 성가 270장 「로사리오 기도」가 거실을 채웠다. 성당에서 들으면 훨씬 좋은 곡이었다. 노인은 누구라도 찾아온다면 웅크린 허리를 펴고 맨발로 밖으로 달려 나가 장미꽃다발로 맞을 것 같았다. 노인을 찾아온 사람이 없지는 않았다. 인터폰 화면에는 신문 보급소 사장이 불이 붙지 않은 담배를 입에 문 채 웃고 있었다.

　"불 좀 빌립시다."

　노인은 현관문을 열 뻔했지만 일단 기다려 보기로 했다.

　"요 앞에서 이 집 아주머니를 만났어요. 안 좋은 표정으로 급하게 어딜 가시더라고. 설마 때렸어요?"

　"오전에 나 따라다닌 게 당신이야?"

　"오전? 시청 갔다 왔는데. 왜요? 누가 따라다녀요?"

　"요즘 인기를 실감하고 있거든."

　"그러게 혼자 재미 보시는 것 같더라고."

　"이게 협박인 건 알지?"

　"당신이 한 거에 비하면 아무것도 아니지."

"내가 그렇게 보이지는 않겠지만 기억력이 좀 그래. 내가 그때 뭐라 그랬지?"

남자의 표정이 굳어졌다.

"나는 30년 넘게 이 일을 했어. 근데 당신은 그걸 모욕했지. 쓰레기 같은 신문이나 배달하는 자식이라고."

"조금 더 살면, 사는 것 자체가 모욕처럼 느껴질 거야."

"노인은 모욕당하면 안 되는 존재야. 지금까지 살아 있는 것만으로도 존경받아야지. 당신은 부자에 걱정도 없고 젊은 여자 뒤나 따라다니다 보니까 망각하고 있는 거야. 별 볼일 없는 존재로 취급받고 있다는 것을 모르고 있는 거지. 그 여자는 당신을 어떻게든 구워삶아서 돈 좀 만져 보겠다는 거야."

"어떻게 알게 된 건지 물어봐도 될까?"

"당신은 모르겠지. 당최 사람들과 안 어울리니까. 성당에선 당신을 성토하기 위해 기도까지 올릴 기세야."

"흠. 하느님이 그 기도를 들어주시면 우리가 볼 날도 얼마 안 남았을 텐데, 이쯤에서 그만하지."

"그럴 수는 없지. 하느님은 자신의 일을 하고, 인간에겐 또 인간의 일이 있는 법이니까."

"그래서 내가 어떻게 해 주면 좋겠나? 사과를 바라는 건가? 아님 그 쓰레기 같은 신문을 보라는 건가?"

노인이 쓸쓸하게 말했다.

"아무것도 바라는 것 없어. 나는 당신이 죽을 때까지 괴롭힐 거야."

노인은 온몸에서 힘이 빠져나가는 걸 느꼈다.

"부럽구먼. 목적이 있는 삶이잖아."

"언제까지 비웃을 수 있는지 두고 보면 알 거야."

"내가 문을 열어 주면 들어올 생각인가?"

남자는 인터폰을 정면으로 바라보았다. 인터폰은 남자의 거친 주먹을 받아 내기에는 너무 작고 약했다. 남자가 말했다.

"조만간 들어갈 거야. 당신이 잠들었을 때 들어가서 목을 조를 거야."

"우리 집에 흑표범 두 마리가 살고 있다는 말은 못 들었나 보군."

남자는 이를 악물었다.

"바보같이 생긴 고양이 두 마리는 알고 있지."

"혹시 요즘 도둑질하고 다니는 게 당신이야?"

"아, 그 도둑놈들. 그럴 힘이라도 있었으면 좋겠다고 생각은 했지. 이 집 담도 넘기가 벅차서 이렇게 친절하게 초인종을 누르고 있으니까. 젊은 놈들이 다 해 처먹어서 할 수 있는 게 없어."

"그럼 이제 꺼져 주게. 즐거운 대화였네. 진심으로 고마워. 거실에서 우리 애들 보면 꼭 머리 아래로 손을 내밀어 턱을 만져 주게. 그걸 좋아해."

노인은 인터폰을 껐다. 남자가 다시 초인종을 눌렀다. 노인은 침실로 들어가 불을 끄고 침대에 누웠다. 기나긴 밤이 될 것 같았다. 진에게선 연락이 오지 않았다.

5

서쪽 하늘 위로 달이 낮게 떠 있었다. 노인은 터벅터벅 언덕을 내려갔다. 묵직하고 차가운 공기 입자가 입안을 칼칼하게 했다. 배낭에서 보온병을 꺼내 도라지차를 머그잔에 따랐다. 도라지차는 기관지에 좋았다.

평소 습관대로라면 거실 창가에 앉아 있어야 할 시간이었다. 재작년 여름, 아침 산행을 나선 이후로 오래간만의 등산이었다. 그해 여름엔 거의 한 달 동안 이어진 장마로 일출을 보기가 어려웠다. 노인은 장마가 끝난 다음 날 찌뿌둥한 몸을 이끌고 동네 뒷산에 올라 일출을 맞았다. 해가 뜨기 전 축축한 땅이 마지막으로 뿜어낸 냉기가 산등성이를 빠르게 타고 올랐다. 그중 미처 잠들 거처를 찾지 못한 바람이 노인의 이마에 부딪혀 부서졌다. 인간은 결국 패배하는 존재라는 걸 인정하라고 다그치는 바람이었다. 노인은 정상에 올라 숨을 몰아쉬었다. 노인은 그때도 이미 늙고 지친 존재였다.

보육원의 불은 꺼져 있었다. 건너편 언덕 성곽 아래 집들이 별처럼 반짝였다. 방범등을 켠 택시들이 스카이웨이 방향으로 난 언덕길을 줄지어 올랐다. 도로는 제설 작업이 거의 다 끝나 있었다. 털모자를 뒤집어쓴 노인 두 명이 정류장에서 마을버스를 기다렸다. 편의점 앞 도로변에 차를 주차해 놓고 담배를 피우는 택시 기사도 노인이었다. 틸트 트럭을 오토바이에 매달고 쓰레기봉투를 실어 나르는 환경미화원은 곧 노인이 될 사람이었다. 이른 아침은 노인들이 만드는 나라였다. 그들은 마법에 걸린 듯 조용했다. 이른 아침은 침묵의 나라이기도 했다.

* * *

동쪽 하늘 위로 구름이 엷게 퍼져 있었다. 노인은 자신이 한 번도 느껴 보지 못한 감정에 대해서 생각했다. 자신이 얕잡아 본 감정들. 구질구질함은 경멸했다. 짜릿함은 회피했다. 무절제함은 비루하게 여겼다. 노인은 침대에 누워 멍하니 천장을 바라보았고, 욕조에 앉아 연인들 사이에나 할 법한 몸짓을 주고받았으며, 술과 담배를 끊임없이 찾았다. 이것은 일종의 신호가 아닐까 생각했다. 갈 때가 되었다는. 그렇게 이야기가 끝나지 않으면 제일 슬퍼할 사람이 바로 자신이라는 생각도 들었다. 자신이 더 오래 산다면 진은 삶이 징그럽게 생각될 것이고 덕은 삶이 고단해질 것이다. 오래 사는 게 최악의 결과를 가져온다고 해서 반대로 일찍 죽어야 하는 것은 아니다. 물론 그렇게 생각하지 않는 사람도 있을 것이다. 노인은 그것도 이해할 수 있었다.

* * *

해가 뜨기도 전, 산은 이미 깨어나 부산스럽게 움직였다. 까치와 까마귀가 울며 나무를 옮겨 다녔고, 작은 새들이 눈밭을 폴짝폴짝 뛰어다녔다. 오랫동안 듣지 못한 산비둘기 소리도 났다. 산비둘기의 울음은 새로운 징조처럼 느껴졌다. 산 것도 죽은 것도 아닌 상태로 영원히 홀로 남겨지리라는. 눈에 보이는, 귀에 들리는, 피부에 와 닿는 모든 것이 신호이자 징조였다. 고대의 예언자가 썼던 연필을 손에 쥔 것 같았다. 달이 더 낮게 떨어졌다. 나뭇가지 틈새로 보이는 골짜기의 집들이 산의 허리를 따라 편안히 안겼다.

지구와 달의 회전은 인간의 삶 전체를 관장했다. 노인은 이미 태어날 때부터 주어진, 무를 수도 없는, 빼도 박도 못할 진실은 진리가 될 수 없다고 생각했다. 진리는 주어진 것이 아니라 구성하는 것 아닌가? 느닷없는 덧없음, 슬픔, 분노가 머리를 때렸고 가슴에 숨이 차올랐다.

"씨발새끼!"

총성 같은 욕 소리가 들렸다. 산 중턱에 위치한 군부대에서 나는 소리였다. 노인은 젊은 놈들이나 먼저 데려가라고 소리치고 싶었다. 이러려고 2년 만에 산에 오른 것은 아니었다. 산 정상에 간신히 도착했다.

* * *

달은 초라하고 연약했다. 고개를 돌려 반대편 하늘을 바라보았다. 구름이 분홍빛으로 멍들며 해를 받을 준비를 하고 있었다. 잠시 후, 해가 산마루 너머로 일부를 드러냈다. 해는 순식간에 붉고 둥근 모습이 되었다. 세월이 빨리 가는 이유가 있었어. 망할 놈의 해가 너무 빨리 뜨고 너무 빨리 지는 탓이야, 라고 노인은 중얼거렸다. 그리고 이

것이 산에서 보는 마지막 일출이라고 생각했다. 머릿속을 정리하기 위한 산행이었지만 일출을 보며 예전과 똑같이 이만 같았다. 햇빛은 푸석푸석한 눈들을 달래듯 어루만졌지만, 노인에게는 등을 돌렸다.

* * *

노인은 관 뚜껑을 따듯 현관문을 열고 거실 소파에 앉았다. 거실 테이블 위에 있던 휴대폰이 울렸다. 덕이었다.

"아침은 드셨어요?"

"어머니는 어때?"

"아직 의식이 없어요. 의사 선생님이 딱 부러지게 말을 안 해 주네요. 아침 드셨죠?"

"먹었어."

"뭐 드셨어요?"

"프라이드치킨과 맥주를 시켜 먹었지."

"아침 거르지 마세요. 냉장고 중간 칸에 잣죽하고 된장찌개, 두부조림 해서 넣어 놨어요. 점심은 밖에서 좀 드세요. 죄송해요."

"아침에 왔다 갔어?"

"네. 어디 가셨어요?"

"산에 갔다 왔어."

"정말요?"

"거짓말할 나이는 아니잖아."

"거짓말은 나이하고 상관없어요. 내일부터는 딸아이가 병원에 있을 거예요. 내일 봬요."

노인은 전화를 끊었다. 냉장고에서 잣죽을 꺼내 전자 레인지에 데웠다. 먹는 것 외에 할 수 있는 일이 아무것도 없어서 먹었다. 사실 먹는 것이 일상의 전부였다는 것을 노인은 오래전부터 알고 있었다. 점심에는 과일을 먹고 저녁에는 된장찌개와 두부조림을 먹었다. 영화를 한 편 보았다. 깨끗한 피를 인간들에게 사서 먹는 우아하고 아름다운 뱀파이어들이 피를 구할 수 없게 되자 참다 못해 사람의 목을 무는 내용이었다. 그들은 살아남았고 젊음을 유지했다. 하루가 지나갔다.

* * *

덕이 아침에 집으로 왔다. 노모는 여전히 깨어나지 않고 있었다. 덕은 말이 없었고 노인 역시 아무것도 묻지 않았다. 덕은 잠을 제대로 자지 못한 것 같았다. 점심을 먹은 후 소파에 몸을 구기고 누워 죽은 듯이 잤다. 저녁이 왔고 다시 병원으로 갔다. 노인의 휴대폰은 울리지 않았다. 대신 초인종이 울렸다. 진이 아이를 안고 서 있었다. 노인이 현관문을 열었다.

"잤어요?"

진은 밝았다. 아이가 진의 품에 안겨 있었다.

"자고 있었으면 미안해할 거야?"

"왜요? 고마워해야지."

"저런."

* * *

진이 아이를 안은 채 소파에 앉았다. 둥이 진의 다리에 머리를 비볐다. 지난 저녁에 받은 인상이 괜찮았던 모양이다.

"아이가 고양이 알레르기라도 있으면 어떡해?"

"의사 선생님이 괜찮대요."

진이 아이의 손을 흔들며 둥과 인사시켰다. 둥은 아이에게 관심이 없었고, 아이는 둥과 눈이 마주치자 울기 시작했다. 진이 아이를 달랬다. 노인은 맞은편에 앉았다. 아이는 울음을 그치지 않았다. 노인이 둥에게 눈짓을 보냈다. 둥이 짜증을 내며 2층으로 올라갔다. 흰눈은 아랑곳하지 않고 소파로 다가왔다.

"아이랑 목욕할래?"

"좋아요. 같이 하실래요?"

"냄새나."

"누가요?"

"내가."

"그런 걱정도 하세요?"

"걱정이 아니라 사실이야."

"도와주세요. 혼자 목욕시키는 거 힘들어요."

"잠깐 기다려. 물 받아야 해. 뭐 마실래?"

"술은 됐어요."

노인은 따뜻한 물을 진에게 가져다주고 2층 욕실로 가물을 받았다. 아기 목욕물 온도는 37도에서 40도 사이가 가장 적당하다는 글을 본 기억이 났다. 더운물을 먼저 받고 찬물로 온도를 맞추었다.

* * *

노인이 다시 거실로 돌아왔을 때 진은 왼쪽 가슴을 풀어헤치고 아이에게 젖을 물리고 있었다.

"모유 수유를 했었나?"

"지금은 이유식하고 번갈아 해요."

"유혹하는 건 아니지?"

진은 어깨가 흔들리지 않기 위해 웃음을 참았다.

"아이 모유 먹이는 엄마랑 자고 싶으세요?"

"처음 만난 날에도 넌 이미 아이 엄마였어."

진이 아이의 얼굴을 들여다보았다.

"아이 이름을 정했어요."

"뭐로?"

"가을이로요."

"아이 아빠가 그렇게 하래?"

"그 사람 아이가 아니라 제 아이예요."

"혹시 어제오늘 따라다니는 사람 없었어?"

"미혼모를 누가 따라다녀요? 그쪽 말고요."

노인은 몸 안의 노폐물이 빠져나가고 피에 산소가 달라붙는 것을 느낄 수 있었다. 진이 아이 머리를 쓸어내렸다. 노인이 자리에서 일어나 진이 앉은 소파 곁에 섰다. 손을 뻗어 진의 머리를 쓰다듬었다. 진은 가만히 있었다. 머릿결이 거칠었다.

"절 왜 좋아하세요? 젊어서? 미혼모라 쉬울 것 같아서? 제가 가난한 게 저를 좋아하는 데 도움이 돼요?"

진지함은 찾을 수가 없는 말투였다. 노인이 진을 좋아

하는 이유를 말해야 한다면 바로 이런 태도였다. 진지하지 않게 속마음을 솔직하게 말할 수 있는 능력. 아이의 아빠는 발견하지 못했으면 하는 매력이었다.

"저번에도 말했잖아. 죽기 전 마지막 발악이라고."

"그렇게 편하게 생각되질 않아요."

"곧 죽을 거야. 달라질 건 없어."

"20년만 더 살 순 없어요?"

"20년? 왜 20년이야?"

"가을이 대학 가는 건 봐야죠."

"그럼 독일로 가야겠네."

"독일은 왜요?"

"독일 대학들은 등록금이 없거든."

"내가 아니어도 되는 사람과 엮이는 건 한 번이면 족해요. 알아요?"

"그래."

진이 노인의 허리에 머리를 기댔다. 아이는 진의 품에 기댔고, 진은 노인에게 기댔다. 노인은 바닥에 뿌리를 내리듯 두 다리에 힘을 주었다.

*　*　*

　진과 아이가 욕조에 몸을 담갔다. 진의 가슴 아래까지
물이 차올랐다. 진은 아이를 뒤에서 안았다. 아이는 두 팔
을 버둥거리며 손으로 물을 움켜쥐려 애썼다.

　노인은 욕실 문 앞에 서서 두 사람을 지켜보았다. 피어
오르는 하얀 증기 탓에 진과 아이는 구름을 타고 있는 듯
보였다. 붙잡고 싶고, 가슴속에 가두고 싶은 장면이었다.
노인이 미풍을 타고 날아가듯 움직였다. 하얀 증기가 천
천히 물러났다. 노인은 욕조 바로 곁에 앉았다.

　진이 아이의 머리에 물을 적셨다. 어깨와 팔에도. 아이
는 까르르 웃었다. 노인이 자신의 왼쪽 검지를 아이의 손
을 향해 내밀었다. 아이는 노인의 손가락을 두 손으로 붙
잡고 꼼지락거리더니 이내 입으로 가져갔다. 노인이 재빨
리 손을 뺐다. 아이는 다시 내놓으라는 듯 노인을 향해 팔
을 내밀었다. 노인이 손가락을 내미는 척하다가 다시 뺐
다. 여러 번 같은 동작을 반복했다. 아이는 고개를 돌려
진의 얼굴을 올려다보았다. 이 사람은 믿을 수 없는 인물
이라는 듯. 진이 자신의 손가락을 아이에게 내밀었다. 아
이는 관심을 보이지 않았다.

　노인은 세면대로 가 항균 비누로 손을 꼼꼼히 씻었다.

손을 헹구고 냄새를 맡아 보았다. 마음에 들지 않았다. 다시 손을 씻었다. 진은 등을 돌린 채 손을 씻고 있는 노인을 지켜보았다. 노인은 또 냄새를 맡았다.

"그 정도면 충분해요."

"냄새가 계속 나."

거울에 비친 자신의 손과 얼굴을 노인은 바라보았다. 거울이 냄새까지 비추었다면 욕을 했을 것이다.

"기분 탓이에요."

"내가 가장 보고 싶어 하고 원했던 순간이야. 내가 너의 자리에 앉고, 네가 아이의 자리에 있는 것이었지만."

"가을이는요?"

"솔직히 말해도 돼?"

"아니요. 무슨 말을 할지 알 것 같아요."

"아마 모를 거야."

진이 두 손으로 아이의 허리를 감쌌다.

"유부남과 잔 대가치고는 너무 큰 걸 받았어요."

"아이도 들어."

"거짓말을 할 순 없죠."

"모르게 할 순 있지."

"자신의 엄마에 대해서라면 아이는 다 알고 다 이해해 줘야 해요."

"누구도 다 이해할 순 없어."

"아이 아빠랑 잔 날, 그러면 안 된다는 걸 알았는데 그냥 그러고 싶었어요. 지금은…….'"

"후회할 시간이 있다는 건 아직 괜찮다는 거야."

"후회하지 않아요. 혹시 후회해요, 지금?"

"무슨 말씀을."

노인은 조심스럽게 상의와 하의를 차례로 벗었다. 진은 놀라지도 얼굴을 돌리지도 않았다. 노인은 진이 자신을 지켜보고 있다는 것을 의식하고 있었다.

* * *

노인의 몸은 우람하지도 앙상하지도 않았다. 필요한 근육이 붙어 있었고, 처질 곳은 적당하게 처져 있었다. 노인은 욕조에 발을 담그고 진과 마주 볼 수 있게 자리를 잡았다. 노인의 발바닥이 진의 발바닥에 닿을 듯 말 듯했다. 아이는 노인을 바라보며 같은 종족이 아니니 나가 주세요, 라고 말하는 듯했다. 노인은 허리를 더 낮추어 자신의 발바닥을 진의 발바닥에 밀착시켰다. 진이 오른쪽 다리에 힘을 주어 자신의 다리와 노인의 다리를 물 밖으로 끌어올렸다. 노인은 균형을 잡기 위해 욕조 턱에 올려놓았던 자신의 팔에 힘을 주었다. 아이가 재미있다는 듯 손뼉을 쳤다. 몇 번 같은 동작을 반복하자 아이는 두 사람의 다리를 붙잡으려 상체를 숙이며 앞으로 기어 나가려 했다. 하얀 거품이 진과 노인의 다리를 따라 흘러내렸다.

* * *

노인이 2층 게스트 룸에 잠자리를 봐주었지만, 진은 노인의 방에서 자고 싶다고 했다. 노인이 먼저 침대 오른편에 붙어 누웠다.

"다른 방에서 안 자요?"

진이 말했다.

"여긴 내 방이야."

"같이 자자는 말은 아니었어요."

"손만 잡고 잘 거야."

"굳이 손은 왜 잡아요?"

"어딘가로 쓸려 갈까 봐."

"쓸려 가요?"

"쓸려 가. 낯선 곳에서 혼자 깨는 것만큼 무서운 것도 없지."

"그게 가능해요?"

"익숙한 곳이 순식간에 낯선 곳으로 변할 수도 있어."

"아이 때문에 새벽에 깨실 거예요."

"영원히 눈을 못 뜨는 것보다는 나아."

"내일 죽을 것처럼 말하지 좀 마요."

"알았어. 모레 죽을 거야."

"밀어내는 거예요, 동정받고 싶은 거예요?"

진이 노인의 배를 베고 가로로 누웠다. 아이는 자신의 배 위에 올려 두었다. 아이는 버둥거리더니 앞으로 엎어졌다. 진이 아이를 돌려 눕혔다.

세 사람은 아무것도 없는 천장을 바라보며 각자의 생각에 잠긴 것 같았다. 아이가 천장의 조명등을 향해 손을 뻗었다. 낮은 조도의 빛이 세 사람 위로 떨어졌다. 진의 머리는 물기가 덜 말라 있었다. 배어든 물기 때문에 노인의 잠옷이 축축해졌다. 노인은 눈을 감았다.

* * *

세 사람의 머리 위로 비가 오고 눈이 쏟아졌다. 잔물결이 출렁이며 배가 가볍게 흔들렸다. 배는 이름 없는 바다 위에 홀로 떠 있었고 달의 그림자를 따라 앞으로 나아갔다. 달빛에 반짝거리는 물이 뱃전에 부딪혀 부서졌다. 시

원한 바람이 노인의 몸을 타고 뒤로 빠져나갔다. 노인은
바람의 방향을 따라 고개를 돌렸다. 진과 아이의 모습이
보이지 않았다. 멀리서 배 한 척이 노인의 배를 향해 다가
왔다. 둥과 흰눈이 뱃머리에 앉아 배를 삼켜 버리려는 듯
입을 크게 벌렸다. 거짓말처럼 흰눈의 입속으로 배가 빨
려 들어갔다.

* * *

진이 오른손을 뻗어 노인의 팔을 붙잡았다. 노인이 눈
을 떴다. 진은 노인의 팔뚝에 솟아오른 핏줄을 손으로 쓰
다듬었다. 건조한 노인의 피부 위로 희미한 온기가 느껴
졌다. 반쯤 열린 커튼 사이로 가로등 불빛이 새어 들었다.
아이는 잠들었다. 진이 아이를 조심스럽게 들어 올려 노
인 옆에 눕혔다. 아이는 깨지 않았다. 자신도 아이 곁에
누웠다. 노인은 다시 눈을 감았다.

* * *

진은 침대에서 일어나 노인의 정면에 서더니 상의 단
추를 하나씩 풀기 시작했다. 기다란 목선과 빗장뼈, 골짜

기 같은 가슴골이 천천히 드러났다. 마지막 남은 단추를 풀자 진의 가슴이 노인의 눈앞에 가득했다. 노인은 준비가 되었다.

침실 밖에서 문지방 긁는 소리가 들렸다. 진은 하의마저 벗었다. 이번에는 문을 긁는 소리가 났다. 진의 발아래 벗겨진 옷들이 꿈틀거리며 진의 몸을 타고 다시 기어올랐다. 진은 그 자리를 벗어나 침실 문 앞으로 다가가더니 문을 반쯤 열었다. 흰눈이 엉기적거리며 침실로 들어와 노인을 바라보며 방해해서 미안하지만 같이 좀 놀아 줘야겠어, 라고 말했다. 진이 웃으며 문밖으로 나갔다. 노인의 눈이 진을 쫓았다. 문밖은 노인의 침실과 똑같이 생긴 또 다른 방이었다. 침대는 텅 비어 있었다. 진은 그 방의 문을 열고 또 나갔다. 똑같은 방에 똑같은 침대가 보였다. 또 문을 열고 나가는 진. 똑같은 침실이 계속 나오고 똑같은 문이 거기 있었다. 끝도 없이 이어지는 방과 반복되는 진의 멀어짐. 노인은 숨이 멎을 것 같았다. 그만 가라고 말하고 싶었지만, 입 밖으로는 색색하는 소리만 새어 나왔다. 마지막 방의 문고리를 잡고 있던 진이 다시 문을 열려고 할 때, 노인은 눈을 떴다.*

---

* 도로시아 태닝, 「생일」.

＊　＊　＊

　노인은 실을 삼킨 듯 목 안이 간지러웠다. 왼편으로 고개를 돌렸다. 진은 보이지 않았고, 아이만 곤히 잠들어 있었다. 노인은 다시 오른편으로 고개를 돌렸다. 진이 노인의 오른쪽 팔을 베고 품에 안겨 있었다. 진이 고개를 들어 노인을 쳐다보았다.

　"부인이 누웠던 자리에 제가 누운 거예요?"

　"아내는 한 번도 여기 누운 적이 없어."

　"왜 부인에 대해서는 말을 안 해 줘요?"

　"묻지 않았으니까."

　"어떤 분이에요?"

　"죽었어. 20년 전에."

　"어떻게요?"

　"암이었어. 간암. 선천적으로 간이 좋지 않았어. 나는 아무것도 못해 줬지. 알고 있었지만 대수롭지 않게 생각했어. 아내는 피를 토하며 내 앞에서 울었지. 수술은 하기 싫다고 그랬어. 나는 억지로 수술을 시켰지⋯⋯. 얼마 못 가 죽었어."

　"보고 싶어요?"

　노인이 자신의 휴대폰 통화 목록을 진에게 보여 주었

다. 최근 통화 목록에는 '희'라는 이름이 가득했다.

"가끔 통화하지. 잘 있는 것 같더라고."

노인이 웃었다. 진이 노인의 휴대폰을 자신의 손에 쥐었다. 할 말을 찾는 것 같았다.

"할 수 있는 일이 없었어요?"

"모든 게 다 늦었어."

"원래 모든 게 다 늦어요."

*　*　*

방 안의 어스름이 창밖으로 반쯤 물러나 있었다. 아직 해는 떠오르지 않았다. 노인은 눈을 뜨고 주위를 둘러보았다. 진과 아이의 모습이 보이지 않았다. 노인은 나이트가운을 입고 거실로 나갔다.

진은 창가 의자에 앉아 아이에게 젖을 물리고 있었다. 작고 하얀 아이의 머리가 반짝였다. 노인은 나이트가운 앞주머니에 손을 집어넣고 서서 두 사람의 모습을 바라보았다. 사실성이 느껴지지 않는 장면이었다. 캔버스에 그려진 그림 같았다. 노인의 머릿속에 하나의 형상으로 영원히 고정될 이미지였다. 진이 고개를 돌리며 말했다.

"잘 잤어요?"

"꿈을 얼마나 꿨는지 머리가 얼얼할 정도야."

"어떤 꿈이었어요?"

"고양이가 내가 탄 배를 삼키는 꿈이었어."

"어떤 고양이요?"

"의자 옆에 앉아 있는 고양이."

진이 자신이 앉은 의자 아래를 내려다보았다. 흰눈이 네 다리를 모두 몸 안에 숨긴 채 웅크려 앉은 일명 식빵 자세로 창밖을 바라보고 있었다.

노인은 부엌으로 들어가 물을 끓였다. 끓인 물에 차가운 물을 조금 섞어 미지근하게 만들었다. 두 개의 잔에 물을 담아 거실로 가지고 나왔다. 진에게 잔 하나를 건넸다.

"배고파요."

"방금 메뉴가 하나 떠올랐어."

"뭐예요?"

* * *

노인은 냉장고에서 지퍼 백에 담긴 야생 둥굴레를 꺼내 적당한 크기로 자른 후 티 포트 거름망에 담았다. 가스레인지에 티 포트를 올리고 중불로 차를 우려냈다. 냉동실에서 밀폐 용기에 담긴 명란젓을 꺼냈다. 명란젓 하나를 접시에 담은 뒤 전자레인지에 넣어 해동시켰다. 해동된 명란젓을 꺼내 양념을 거의 다 벗겨 냈다. 프라이팬에 참기름을 붓고 미디움으로 구웠다. 둥굴레차가 끓고 있었다. 밥을 담을 그릇을 꺼냈다. 전기밥솥을 열었다. 남아 있는 밥이 하나도 없었다. 둥이 노인의 다리에 머리를 비비며 말했다.

"바보짓은 도대체 언제까지 할 생각이야?"

거실 소파에 아기를 눕혀 놓고 마사지를 해 주던 진이 노인과 둥을 동시에 쳐다보았다.

"저리 가."

노인이 둥을 발로 밀어내며 말했다.

"밥이 없어요?"

진이 말했다.

"깜빡했네."

"생각보다 어설픈 거 알아요?"

"치매라고 하는 것보다는 낫다. 밥 금방 돼."

노인이 쌀을 씻어 밥을 안쳤다.

"구수한 냄새가 나요."

진이 말했다.

"명란젓 오차츠케."

"좋아요. 오차츠케."

* * *

　노인은 밥이 되는 동안 욕실로 가 이를 닦고 세수를 했다. 욕실 거울에 비친 자신의 얼굴을 쳐다볼 수 없어 서둘러 나왔다. 코듀로이 팬츠에 파란색 체크무늬 플란넬 셔츠로 옷을 갈아입었다. 지갑을 날치기당한 나무꾼처럼 넓은 어깨가 축 처져 있었다. 전기 압력 밥솥이 증기를 내보내며 밥이 다 되었다고 소리쳤다.

　진은 노인이 준 잠옷을 벗고 자신의 옷으로 갈아입었다. 노인이 거실로 나왔을 땐 어젯밤 꿈속에서 허물처럼 벗겨졌던 잠옷 상의와 하의가 소파 위에 곱게 개어져 있었다.

　"혹시 저거 어젯밤에 벗은 적 있어?"

　노인이 잠옷을 손으로 가리키며 물었다.

　"제가 잘 때 그쪽이 몰래 벗기지 않았다면 그런 적은 없었던 거 같아요."

　"옷 벗는 것도 가르쳐 줘야 하는 나이였나?"

　"언제 입어야 하고 언제 벗어야 하는지는 알아요."

　"그것도 잘 모르는 것 같은데."

　노인이 아이를 바라보았다. 아이는 잠들어 있었다.

　"그만 놀려요."

진은 아이를 들어 소파 안쪽으로 눕힌 후 식탁에 앉았
다. 노인은 밥을 떠 그릇에 담고 그 위에 명란젓을 올린
뒤 얇게 썬 파를 마지막으로 얹어 식탁에 올려놓았다. 냉
장고에서 고사리나물을 꺼내 접시에 담았다. 둥굴레차가
담긴 티 포트를 가져와 식탁에 놓고 앉았다.

"요리 좋아해요?"

"그게 내 인생이야."

노인이 진의 그릇에 둥굴레차를 따라 주었다. 진은 성
호를 그으며 기도했다.

"뭐라고 기도했어?"

"아무 생각 없어요."

진이 웃으며 숟가락을 들고 명란젓을 작게 자르더니
밥과 함께 떠먹었다. 노인도 먹었다.

"맛있어요."

"그래."

* * *

밥그릇이 반쯤 비었을 때 초인종이 울렸다. 진은 깜짝
놀란 듯 눈이 커졌고 아이가 깨어 울었다.

"덕일 거야."

164

노인이 인터폰으로 다가갔다. 화면에 보이는 사람은 덕이 아니라 낯선 남자였다. 남자는 40대 초반쯤으로 보였고 머리에 난 두 개의 구멍처럼 눈이 깊고 검었다.

"누구신가?"

노인이 말했다.

"아이 아빠입니다."

남자는 노인을 오랫동안 알고 지낸 사람처럼 말했다. 진이 우는 아이를 달래며 인터폰 화면을 바라보았다. 노인의 어깨 때문에 화면 속 얼굴은 보이지 않았다. 남자가 계속 말했다.

"혹시 아이 엄마랑 아이가 여기 있나 해서요."

"왜 여기서 찾나?"

"여기가 아니면 더 큰일이거든요."

남자의 목소리는 떨렸지만 침착하려 애쓰는 티가 났다. 진이 아이를 안은 채 인터폰으로 다가왔다. 남자의 얼굴을 확인하자 노인에게서 인터폰을 낚아채려고 했다. 노인이 진의 손을 뿌리쳤다.

"잠깐 들어오겠나?"

"아니에요. 제가 나갈게요."

진이 아이를 등에 업었다.

"같이 있습니까?"

남자가 말했다.

"같이 있네."

"다행입니다. 어디 멀리 가 버린 줄 알았습니다."

남자는 안도의 한숨을 쉬었다. 남자의 태도는 노인을, 가출한 딸을 보살펴 준 마음씨 좋은 동네 할아버지로 만들고 있었다. 노인은 담배 생각이 간절했다. 이 정도 호의는 언제든지 가능하지, 라고 말하려다 참았다.

"나중에 연락드릴게요. 죄송해요."

진이 신발을 신고 현관을 나섰다. 노인 앞에서 현관문이 쿵 닫혔다. 인터폰 화면 위로 대문을 열고 나온 진이 남자를 외면하며 언덕을 내려가는 모습이 보였다. 진을 쫓아가는 남자의 뒷모습까지가 화면에 보이는 전부였다. 거실 창을 열면 더 볼 수 있었지만 그러지 않았다.

* * *

밥그릇에서는 아직 하얀 김이 피어오르고 있었다. 노인은 식탁을 치우며 다행이라고 말하던 남자의 얼굴을 떠올렸다.

"다행입니다. 다행입니다."

노인은 그 말을 반복했다. 그 말은 자신의 위치가 어디인지 정확히 좌표를 찍어 주었다. 남자가 티켓을 끊어 준 노인의 마지막 목적지는 죽을 날이 머지않은 마음씨 좋은 동네 할아버지였다. 거기다가 무성욕자이기까지 한. 진이 남자에게 노인에 대해 어떻게 말했는지 짐작이 되었다. 추측일 수도 있었다. 중요한 것은 그게 아니었다. 직접 말하지만 않았지 남자는 노인에게 고맙다고 한 것이나 다름없었다. 그는 뭔가 많이 아는 남자거나 아니면 너무 모르는 남자였다.

노인이 잔반을 음식물 쓰레기통에 담았다. 지난밤에 먹은 삶은 고기 찌꺼기와 겉절이가 폐기물처럼 담겨 있었다. 노인은 남자의 얼굴을 기억해 냈다. 국숫집에서 고기를 잘게 나눠 먹던 남자, 자신의 뒤를 미행하던 남자였다.

노인은 소파에 앉아 시가를 피웠다. 오래 피웠다. 그레이구스에 레몬을 잘라 넣고 토닉워터를 섞어 마셨다. 덕은 아직 소식이 없었다. 노인에게도 짐작 가는 바가 있었다.

6

노인은 운동도 점심도 걸렀다. 침실에 있던 휴대폰을 거실로 들고 왔다. 휴대폰 배터리가 한 칸밖에 남아 있지 않았다. 충전하는 것을 매번 깜빡했다. 소파에 앉아 휴대폰에 저장된 덕의 번호를 검색했다. 어제 저녁 이후로 덕은 연락이 없었다. 초인종이 울렸다. 노인이 문을 열었다. 현관에 나타난 사람은 노인의 둘째 아들이었다. 둘째 아들은 거실로 들어서며 소파에 앉아 있는 노인을 향해 정중하게 고개를 숙였다.

"오랜만이네."

노인이 말했다.

"그런가요?"

둘째 아들이 소파에 앉았다.

"내가 무슨 일로 왔는지 맞히면 그냥 돌아갈래?"

"좋은 시가가 들어왔는데 갖다 드릴걸 그랬네요."

둘째 아들이 공기 중에 떠도는 시가 향을 손으로 밀어내며 말했다.

"어떻게 알았어?"

"뭘요?"

"나한테 사람 붙였어?"

둘째 아들의 얼굴에 웃음기가 돌았다. 노인은 둘째 아들과 대화할 때마다 투명 셀로판에 대고 말하는 기분이 들었다. 자신의 속마음을 감추는 법은 가르친 적이 없었다. 자신도 모르는 것이었다.

"아버지한테 붙인 건 아닙니다. 그 미혼모랑 관계된 남자에 대해 조사 좀 했어요. 그 남자의 생각이 더 중요했거든요."

둘째 아들 역시 노인을 종속변수로 여기고 있었다. 오늘은 노인의 생일인 듯했다. 의미 없고 보잘것없는 존재로 새로 태어난 날. 수영장을 갈 때 노인을 바로 뒤에서 미행하던 사람은 유부남이었다. 그리고 그 유부남의 뒤를 따르던 남자가 있었는데 그는 둘째 아들이 붙인 심부름센터 직원이었다.

"설마 결혼하실 생각은 아니죠?"

"누구랑?"

"보육원에 사는 미혼모요. 유부남의 자식을 가진. 그 유부남에 대해서 좀 아세요?"

"전혀. 관심 없어."

"그 유부남은 아버지한테 관심이 많은 것 같던데요. 계속 뒤를 따라다니고."

"왜 날 따라다녔을까?"

"자신의 상대가 누군지 알고 싶어서였겠죠. 저처럼."

"너도 진이 마음에 들었던 거냐?"

"제가 감사하게 생각하는 거 하나가 아버지랑 여자 취향이 전혀 다르다는 거예요."

"내가 여기서 둘째 며느리 욕을 하게 될 줄은 몰랐네."

"그만두세요. 중요한 건 따로 있어요. 그 남자 아들이 둘이에요. 다섯 살, 일곱 살."

"아들만 둘이라……. 신이 나보단 그 남자를 덜 미워했나 보군."

"저는 아버지를 원망한 적이 한 번도 없습니다."

"그럴 수밖에. 내 덕에 사장 직함도 달고 있잖아."

"그 점에 대해서도 감사하게 생각하고 있습니다."

* * *

두 사람은 10분 동안 말이 없었다. 둘째 아들이 소파에
등을 기댔다. 자신이 해야 할 말을 머릿속으로 정리하는
것 같았다. 둘째 아들은 노인과 대화를 하면서 자신의 몸
안에서 무언가가 계속 사라지고 있음을 깨달은 듯한 얼
굴이었다. 노인도 마찬가지였다. 두 사람 다 의도하든 의
도하지 않든 사람을 밀어내는 데는 소질이 탁월했다. 부
엌 식탁 위에 앉아 있던 둥이 일어나더니 기지개를 켠 후
식탁을 내려왔다. 소파로 다가와서는 둘째 아들의 얼굴을
들여다보았다. 가까이 가지는 않았다.

"진이 나를 어떻게 생각하는지도 좀 알아보지 그랬어?
도통 모르겠거든."

둘째 아들은 정리한 말들을 쏟아 낼 기회를 찾은 것 같
았다.

"그 유부남 곧 이혼할 것 같아요. 서류에 도장 찍었습
니다. 그 사람 아내도요."

"나는 진의 생각을 물었어. 그 남자가 아니고."

"다시 말하면 아버지에겐 기회가 없을 거라는 겁니다."

"망할!"

노인은 마지막으로 화를 낸 것이 언제인지 기억도 잘

나지 않았다.

"아버지 이렇게 화내시는 거, 어머니 돌아가실 때도 이 정도는 아니었습니다."

둘째 아들은 노인의 이런 반응까지 예상한 것 같았다. 노인은 시가에 불을 붙였다. 깊게 빨아들이고 빨리 내뱉었다. 노기를 천천히 가라앉혔다. 반드시 그래야 한다는 듯.

"이런 방식으로 말할 생각은 아니었어요. 아버지가 혹시라도 이용당하실 것 같아서 그런 겁니다."

"원하던 그림이 그려졌으면 여기까지 올 필요가 없었지 않나?"

"그 미혼모가 어제 집에서 잔 거 같더라고요."

둘째 아들이 손으로 부채질하며 또 시가 연기를 밀어 냈다.

"좋은 밤을 보냈지."

"아침에 그 유부남이 이 집에 왔었죠. 이후에 두 사람이 어디 가서 무슨 이야기를 나눴는지도 알아요. 여자들이란 참 알 수가 없어요. 그래서 아버지 기분이 어떨지 생각해 봤습니다."

"주식이랑 부동산의 행방이 더 신경 쓰이겠지."

"그것도 그렇고요. 회사는 살려야죠. 지금 좀 어렵거든요."

둥이 노인 옆에 자리를 잡으며 앉았다. 노인이 둥의 머리를 쓰다듬었다. 둥이 말했다.

"라이터를 던져 버려."

노인이 라이터를 집어 시가 상자에 넣었다.

"아직 기회가 없는 건 아니라고 생각하지?"

둥이 안쓰럽다는 듯 말했다. 노인은 그건 아니라며 고개를 저었다. 침묵이 길어졌다. 노인이 무언가 결심한 듯 말했다.

"여행을 가야겠어. 갔다 와서 생각해 보지."

"얼마나 가시려고요?"

"두 달쯤."

"제가 준비해 드리겠습니다."

"언제든 유럽으로 떠날 수 있는 비즈니스석 두 장. 아이 것도. 첫 도착지는 모나코. 호텔도 준비해. 돌아오면 어떤 식으로든 다 정리를 할 테니까."

"아버지, 그 유부남과 미혼모 결혼할 거예요."

"상관없어. 그리고 나한테든 그 유부남한테든 또 사람을 붙이면 전 재산 다 모나코 카지노에서 날려 버릴 거야."

"그건 불법이에요."

"그렇다고 못하는 건 아니지."

"좋습니다."

둘째 아들이 소파에서 일어나 현관으로 향했다.

"여행 갔다 오시면 저희랑 같이 살 생각 없으세요? 저는 아버지를 미워하지 않아요."

"좋아한 적도 없어."

"아버지 생각이죠."

"둘째 며느리한테 길에서 만나면 모른 척이나 하지 말라고 전해."

"찾아오지 말라고 한 건 아버지예요."

둘째 아들이 다시 정중하게 고개 숙여 인사했다.

"근데 일하는 아주머니는 어디 갔어요?"

"효심이 깊어 자기 어머니 모시고 병원에 갔지."

* * *

둘째 아들의 차가 언덕을 내려갔다. 레베카 수녀가 보육원 2층 테라스에서 노인의 집을 바라보며 눈을 감았다. 기도하는 것 같기도 하고 저주를 내리는 것 같기도 했다. 진이 아이와 함께 언덕을 올라왔다. 레베카 수녀는 진을 보자 급히 달려 내려갔다. 진은 레베카 수녀의 품에 안겨 울었다. 레베카 수녀가 진의 등을 쓸어내렸다.

* * *

노인은 지하 창고로 내려갔다. 나무틀로 짜인 보관대가 창고를 둘러싸고 있었다. 보관대 위에는 각종 술과 먼지 쌓인 책, 잡지들이 가지런히 정리되어 있었다. 노인은 캐리어가 놓여 있는 왼편 보관대 앞에 섰다. 민트 색 캐리어를 꺼내 앞뒤로 움직여 보았다. 바퀴가 네 개라 기울이지 않아도 힘들이지 않고 끌고 다닐 수 있었다. 무게도 4킬로 그램 정도밖에 안 되었다. 좀 더 큰 검은색 캐리어도 꺼내 움직여 보았다. 잘 움직였다. 캐리어 두 개를 들고 1층으로 올라갔다. 문득 무슨 생각이 난 듯 다시 지하로 내려가 민트 색 캐리어와 같은 종류의 보라색 캐리어를 하나 더 1층으로 가지고 왔다. 노인은 그중 보라색 캐리어를 끌고 대문을 나섰다. 보육원 쪽을 쳐다볼 용기는 나지 않았다.

* * *

곧 봄이었지만 겨울이 마지막으로 남기고 간 숙제처럼 바람이 찼다. 노인은 이곳에서 봄을 맞지는 않을 것 같다고 생각했다. 터벅터벅 비탈길을 올랐다. 시가를 계속 피운 탓에 속이 쓰리고 입안이 텁텁했다. 가려던 곳에 이르

렀다. 노인의 기억이 맞다면 여기가 캐리어 할멈이 사는 집 앞이었다. 노인은 문을 두드리려다 그만두었다. 집 앞에 둬도 누가 가져가지는 않을 것으로 생각했다. 찾아오는 사람도 없었다. 노인은 보라색 캐리어를 문 앞에 두고 다시 집으로 향했다.

* * *

덕의 전화는 노인이 욕조에 몸을 담그고 있을 때 왔다. 집 전화로도 왔고 휴대폰으로도 왔다. 노인의 휴대폰은 전원이 꺼진 채 소파에 놓여 있었다.

노인은 저녁을 먹지 않았다. 입맛이 없었다. 노인이 머리를 닦으며 소파에 앉았을 때 집 전화가 다시 울렸다. 덕이었다.

"통화 못하는 줄 알았어요. 늦게 연락드려 죄송해요. 경황이 없었어요."

"어머니가 운명하셨나?"

"네. 11시 47분에요. 의사가 아침에 준비를 하는 게 좋겠다고 하더라고요. 믿지 않았어요."

"살 만큼 사신 거야."

"알아요."

"장례는 병원에서 알아서 진행해 줄 거야."

"사흘이면 될 거예요. 식사는 잘하고 계시죠?"

"요리하는 재미를 다시 느끼고 있지."

"소개소에 사람 하나 구해서 보내 달라고 말할게요."

"신경 쓰지 말고 장례나 잘 마무리해. 벌써 알아보고 있으니까."

"벌써요?"

"굶어 죽을 순 없잖아."

"저 자르시는 거예요?"

"내가 퇴직금은 넉넉히 챙겨 줄게."

"그만둬요. 사람 구하면 제가 알아서 그만둬요."

"그만두게?"

"사흘 후에 봬요. 식사 잘 챙겨 드세요."

"외손녀가 몇 살이었지?"

"다섯 살요. 그건 왜요?"

"아니야. 갑자기 궁금해서."

"딸이랑 손녀가 옆에 있으니까 그래도 힘이 나요."

"그래."

　　　　　＊　＊　＊

　노인은 침대에 누워 눈을 감았다. 진을 만난 이후로 하루도 불길한 꿈을 꾸지 않은 날이 없었다. 구름 한 점 없는 하늘에서 봄볕이 쏟아졌다. 노인은 무릎까지 오는 풀들이 무성하게 자란 들판을 혼자 걸었다.* 노인의 발아래로 풀들이 쓰러졌다가 다시 일어났다. 따스한 바람이 얼굴을 스치며 저 멀리 달아났다. 들판을 지나면 낮은 언덕이 나왔다. 그 언덕 위에 노인의 집과 노인의 삼촌이 살던 집이 있었다. 어릴 때 살던 고향 집이었다.

　노인은 더 걷고 싶었다. 노인은 걸어왔던 길을 다시 되돌아갔다. 다리에 점점 힘이 빠졌다. 오른쪽 무릎이 꺾였다. 두 손으로 땅을 짚고 오른발에 다시 힘을 주었다. 일어설 수 없었다. 왼쪽 무릎도 꺾였다. 노인은 두 무릎이 모두 꺾인 채 망연자실한 표정으로 뒤를 돌아보았다. 언덕 위의 집이 시야에서 점점 멀어졌다. 노인은 손을 이용해 몸의 방향을 틀었다. 다리의 감각이 점점 사라졌다. 노인은 엎어졌다. 두 팔을 뻗어 풀을 잡고 끌어당겨 몸을 앞으로 밀었다. 풀에 베인 손에서 피가 났다. 집은 점점 더

* 앤드류 와이어스, 「크리스티나의 세계」.

멀어졌다. 노인은 다시 풀을 끌어당겼다. 풀들이 모래처럼 손에서 빠져나갔다. 노인은 포기하지 않았다. 그러나 언덕은 더 멀어졌고 집은 하나의 소실점으로 축소되어 갔다. 노인은 주먹을 꼭 쥔 채 잠에서 깨어났다. 손톱이 손바닥을 파고들어 빨간 자국이 남았다.

* * *

자신이 목적지도 없이 걷고 있음을 노인은 집을 나선지 30분이 지나서야 깨달았다. 쉬지 않고 걸었다. 숨이 차올랐다. 더 이상 걸을 수 없을 때까지 걸었다. 이 길을 따라 계속 가면 대학교의 뒷문이 나왔다. 노인은 기분이 울적하면 대학생들이 오가는 캠퍼스를 걸었다. 노인은 산책로 옆 샛길에 있는 조그만 정자에 앉았다. 머릿속에선 정리되지 않은 말들이 메아리치고 있었다.

외제 차 한 대가 노인이 앉은 정자 앞에 섰다. 젊은 남자가 차에서 내려 노인 곁으로 다가왔다. 노인은 고개를 숙이고 숨을 고르느라 남자가 다가오는 것을 눈치채지 못했다. 남자가 오른손으로 노인의 뒷덜미를 덥석 잡았다. 노인이 놀란 얼굴로 고개를 들었다. 노인이 지난가을 어퍼컷을 날려 때려눕힌 남자였다.

"언젠가는 마주칠 거라 생각했지. 당신은 어때?"

남자가 노인의 뒷덜미를 잡은 손에 힘을 주었다. 노인은 숨을 제대로 쉴 수 없었다. 주위를 둘러보았지만 지나가는 사람은 보이지 않았다.

"왜? 또 골목길 찾아?"

남자는 노인을 억지로 일으키더니 왼손으로 노인의 뺨을 때렸다. 노인의 입술이 찢어지며 피가 튀었다. 남자가 다시 뺨을 때렸다. 노인은 몸을 숙여 외투 주머니를 뒤졌다. 전기 충격기는 없었다. 남자가 이번엔 얼굴에 주먹을 날렸다. 노인은 손을 들어 얼굴을 가렸지만, 남자의 손을 막기에는 역부족이었다. 남자는 뒷덜미를 잡은 오른손을 풀더니 마지막으로 노인의 배에 어퍼컷을 날렸다. 노인은 앞으로 꼬꾸라졌다. 숨이 멎을 것 같았다.

"그래. 그 자세가 어울리지. 당신이 그러고 있는 걸 정말 보고 싶었어."

노인은 비명조차 지를 힘이 없었다. 두 팔로 바닥을 짚고 산책로 쪽으로 기어갔다. 입에서 피가 새어 나왔다.

"그렇지. 앞으로는 그렇게 기어 다녀."

남자는 노인의 등에 침을 뱉더니 자신의 차를 타고 가 버렸다. 노인은 산책로까지 간신히 기어갔다. 등산복을 입은 중년의 남자와 여자가 노인을 보고 달려왔다. 그들

이 노인을 집까지 데리고 갔다. 노인의 주치의가 집으로
왔다. 노인은 남자의 차 번호를 기억하지 못했다. 그 남자
를 찾고 싶은 마음도 없었다. 다행히 외상은 심하지 않았
다. 주치의가 입원해서 이것저것 검사해 보자고 했지만,
노인은 싫다고 말했다.

* * *

다음 날 아침, 주치의가 보낸 간호사가 죽을 끓였다. 노
인은 먹는 둥 마는 둥 했다. 입안이 찢어져 죽을 넣을 때
마다 살고 싶지가 않을 정도로 쓰렸다.

노인은 점심때 다시 집을 나섰다. 간호사가 말렸지만,
듣지 않았다. 이대로 누워 있다간 영원히 못 일어날 것 같
았다. 발을 끌며 언덕을 내려갔다.

누군가 뒤에서 노인을 불렀다. 진이었다. 노인은 듣지
못했다. 진이 달려와 노인의 팔을 붙잡았다.

"얼굴이 왜 그래요?"

노인의 얼굴을 본 진이 울먹이며 말했다.

"넌 얼굴이 왜 그래?"

진의 눈은 퉁퉁 부어 있었다.

"얼굴이 왜 그러냐고요?"

"가을이 아빠랑 한판 했지. 생긴 거랑 다르게 주먹이 맵더라고."

진이 노인을 두 팔로 감싸 안았다. 소리 내 울었다. 노인은 팔을 들 힘도 없었다.

* * *

두 사람은 노인이 길을 잃고 헤맸던 골목길 앞에 섰다. 노인은 진의 손을 붙잡고 걷고 싶었다. 진의 왼손을 자신의 오른손으로 꼭 쥐었다. 노인은 다시 집으로 난 길을 찾아야 했다. 골목길 초입에서 진은 왼쪽으로 가자고 했다. 노인은 오른쪽이라고 했다. 먼저 진이 선택한 길로 가 보기로 했다.

"우리 외국으로 갈까요?"

진이 말했다.

"영어는 좀 해? 나는 일본어밖에 못해."

다시 코너가 나왔다. 진은 오른쪽을 택했다. 제대로 가고 있었다.

"불어는 조금 해요."

"이 와중에 농담이 나와?"

"농담 아니에요. 아이 아빠가 부인이랑 이혼을 하려고

해요."

"알아."

"어떻게 알았어요?"

"둘째 아들이 뒷조사를 좀 한 것 같더라고."

다시 코너가 나왔다. 진은 왼쪽을 택했다. 잘못된 길이었다.

"그럼 저도 알겠네요. 뭐래요?"

진이 물었다.

"자기 타입은 아니래."

막다른 길이 나왔다. 두 사람은 다시 언덕을 내려갔다.

"잘못 왔네요."

진이 말했다.

* * *

두 사람은 다시 골목길 초입에 섰다. 노인은 오른쪽으로 마음이 쏠렸다. 마음을 바꿔 왼쪽을 택했다. 시작은 좋았다. 코너를 돌자 몸집이 작은 개 두 마리가 흘레붙고 있었다.

"서로 얼굴을 보지 않고 하는 건 아무리 생각해도 이상해요."

진이 말했다.

"내가 그런 자세를 하나 알지."

"저는 해 보기도 했어요."

다시 갈림길이 나왔다. 노인은 오른쪽을 택했다. 방향을 잘 잡았다.

"아이 아빠랑 같이 살아."

"부인이 불쌍해요. 아이들도."

"기억하고 있어? 모든 것이 늦는다는 말?"

"기억하고 있어요."

"늦었어."

다시 갈림길이었다. 노인은 이번엔 왼쪽을 택했다. 잘못된 길이었다.

*　*　*

왼쪽, 오른쪽, 오른쪽, 왼쪽, 오른쪽으로 코너를 돌면 집으로 난 길이 나왔다. 네 번째 코너에서 두 사람은 갈등하다 오른쪽을 택했다. 다시 돌아 나와야 하는 길이었다.

"조강지처 버리고 궁녀랑 결혼하려고 종교를 만든 사람도 있어."

"그런 종교가 있어요?"

"사람들은 쉽게 잊어. 그리고 누구나 쉽게 잊히지."

코너를 돌자 노인이 집으로 데리고 왔던 남자아이 둘이 시가를 피우고 있었다. 작은 아이가 노인이 잠든 틈을 타서 노인의 집에서 가지고 나온 시가였다. 아이들이 노인을 보고 놀란 표정으로 인사했다.

"누구예요?"

진이 물었다.

"도둑놈들."

노인이 말했다.

노인이 아이들 곁으로 다가갔다. 여전히 진의 손을 붙잡은 채였다. 큰 남자아이는 시가를 감추려고 해 보았지만 이미 늦었다는 걸 알고는 포기했다. 작은 남자아이는 시가를 입에 물고 히죽 웃었다.

"안녕하세요?"

"그래. 훔친 시가를 피우는 기분이 어떠냐?"

"주무시고 계셔서 그랬죠. 깨우면 안 될 것 같아서요."

작은 남자아이가 말했다.

"시가 아직 남았어?"

"이게 마지막이에요."

큰 남자아이가 도로 가져가라는 듯 시가를 내밀며 말했다.

"시가 또 줄 테니까 길 좀 알려 줄래?"

"저희야 좋죠."

작은 남자아이가 시가를 벽에 비며 끄며 말했다. 큰 남자아이도 따라서 시가를 껐다.

"너희 미성년자 아냐?"

진이 말했다.

"교복 입고 있는 거 보면 몰라요?"

작은 남자아이가 앞장서 걸으며 말했다.

"할아버지 딸이세요?"

"애인이다."

노인이 말했다.

작은 남자아이는 뒤를 힐끗힐끗 쳐다보며 큰 남자아이 귀에 대고 속삭였다. 큰 남자아이는 말없이 앞만 보고 걸었다.

"모나코로 가고 싶어."

노인이 진에게 말했다.

"모나코는 왜요?"

"도박으로 돈 좀 날려 볼까 하고."

"가요, 그럼."

"나 혼자 갈 거야. 거기 가서 미혼모가 아닌 여자를 만날 거야."

"아이 아빠가 같이 살재요."

집으로 난 길이 보였다. 노인이 진의 손을 놓았다. 진은
자신의 손을 놓은 노인의 손을 물끄러미 바라보았다.

"가끔 찾아와도 돼요?"

진이 말했다.

"시가 피우고 싶으면."

노인이 아이들과 함께 집으로 들어갔다. 노인은 쓰러지
기 직전에 침대에 누웠다. 저녁에 되어서도 일어나지 않
았다.

7

덕의 노모가 죽은 지 나흘째 되는 날 아침, 덕이 노인의 집으로 왔다. 덕은 홀가분해 보였다. 덕이 초인종을 눌렀을 때 현관을 열어 준 사람은 새로 온 도우미였다. 40대 중반처럼 보였고 이목구비가 시원시원했다. 말수는 적었다. 덕은 도우미와 어색하게 인사를 나누었다. 둥이 덕에게 다가가 다리에 머리를 비비더니 뒤로 누워 배를 보여 주었다.

덕이 바닥에 누운 둥을 들어 올려 안았다.

"잘 있었어, 둥아?"

내가 원한 건 그게 아니야, 라고 울며 둥이 몸부림쳤다. 덕이 둥을 안은 채 소파에 앉았다. 노인이 2층 서재에서 내려왔다. 둥이 덕의 팔에서 빠져나와 2층으로 도망갔다. 노인이 소파에 앉았다. 흰눈은 내부 계단에 앉아 눈치를 살폈다. 새로 온 도우미에 대한 정보가 아직 부족한 탓이었다.

"왜 벌써 왔어? 좀 더 쉬지."

노인이 말했다.

"많이 쉬었어요."

"잘도 그랬겠다."

노인은 마냥 반가운 표정은 아니었다. 도우미가 차를 가져와 소파 테이블에 두고 2층으로 올라갔다. 자리를 피해 주는 것처럼 보였다. 도우미가 계단을 올라오자 흰눈이 노인의 서재 책상 아래로 몸을 숨겼다.

"사람 구하신 거예요?"

덕이 따지듯 말했다.

"이번 주만 봐달라고 했어. 마음에 드는 사람이 하나도 없어."

"점심은 제가 준비할게요."

"됐어."

"싫어요."

"그러지 말고 여행 좀 갔다 와라."

"여행요?"

"외국 안 가 봤지?"

"네."

"유럽 쪽으로 가서 두 달만 놀다 와."

"같이 가요."

"나랑?"

"네."

"나는 다닐 만큼 충분히 다녔어."

"저랑은 안 다녔잖아요."

덕은 남편의 사망 통지서를 20년 만에 받은 전쟁미망인처럼 자신감이 넘쳤다. 뭐든 새로 시작할 수 있을 것 같은 표정이었다.

"가서 또 내 수발만 들다 오겠지. 그런 건 여행이 아냐."

"제가 좋아서 하는 거예요."

"비행기 안에서 죽으면 문제가 얼마나 복잡해질지 생각해 봤어?"

"안 죽어요. 제가 아직 못 보내요."

"오랫동안 고생해서 주는 선물이라고 생각해. 딸이랑 손녀도 같이 가. 준비는 내가 다 해 놨어."

"싫어요."

"갔다 와서 다시 일해. 고집 피우지 말고. 내가 캐리어까지 꺼내 놓았다고."

거실 에어컨 옆에 검은색 캐리어와 민트 색 캐리어가
놓여 있었다. 덕은 노인의 고집을 꺾을 수 없었다. 새로
온 도우미가 덕과 노인의 점심을 차렸다. 두 사람은 말없
이 먹었다. 덕이 캐리어를 끌고 노인의 집을 나섰다. 덕은
사흘 후 딸, 손녀와 함께 비행기에 몸을 실었다.

* * *

덕이 여행을 간 동안 노인은 지금껏 해 왔던 습관을 하
나씩 버렸다. 한층 심해진 우울증이 노인을 짓눌렀다. 노
인은 급격히 쪼그라들었다. 덕이 여행에서 돌아왔을 때
노인은 그 집에 없었다. 덕이 여행을 떠난 그다음 주 월
요일 아침, 노인은 거실 창가에 앉아 일출을 보다 심장마
비로 죽었다. 노인의 죽음은 어느 누구도 원망할 것 없
는 죽음이었고 놀랄 것도 없는 죽음이었다. 그 역시 놀라
지 않았을 것이다. 마무리를 잘했다고 여겼기 때문이었
다. 다른 모습으로 죽는 것은 상상하기도 어려웠다. 여행
을 떠난 덕은 노인의 집으로 전화를 했지만 집에는 전화
를 받을 사람이 없었다. 둘째 아들 역시 덕의 전화를 받
지 않았다.

* * *

노인이 죽은 다음 날 점심쯤, 캐리어 할멈이 보라색 캐리어를 끌고 노인의 집을 지나쳐 비탈길을 내려갔다. 그녀는 단순하고 강인했다. 캐리어 안에는 영양제와 가족사진, 주민등록증이 들어 있었다. 혹시라도 길에서 쓰러질 경우를 대비해 그녀는 자신을 증명할 수 있는 것들을 캐리어에 넣어 다녔다. 노인의 예상처럼 색이 바랜 화투와 화투판에 깔 낡은 군용 모포도 있었다. 캐리어 할멈은 그 캐리어를 누가 줬는지 모르는 것처럼 보였다. 할멈이 고개를 들어 노인의 거실을 쳐다보았어도 죽은 노인의 모습을 볼 수는 없었다.

* * *

도우미는 일요일까지만 일하기로 계약되어 있었다. 노인은 다른 사람을 구할 생각이었지만 실행에 옮기지는 않았다. 하기 싫었던 것인지도 모른다. 둘째 아들은 노인이 다시 시킨 대로 네 사람의 여행 준비를 했다. 노인과 덕, 덕의 딸과 손녀. 물론, 노인은 비행기에 타지 않았다. 둘째 아들은 모르고 있었다. 덕도 그 사실은 몰랐다. 노인이 여행을 가지 않았더라도 둘째 아들은 당분간 노인을 찾지 않았을 것이다. 아이 아빠가 전 부인과 이혼을 했고 진은 그와 함께 살 집을 구하러 다닌다는 것을 알았기 때문이었다.

노인의 죽음을 아는 것은 고양이들뿐이었다. 둥도 첫째 날은 알지 못했다. 노인 곁에 가지 않고 2층 테라스에서 햇볕만 쬐었다. 흰눈도 마찬가지였다. 그저 노인이 오래 앉아 있는 것이려니 했다. 그다음 날 흰눈이 코를 찡그리며 거실 창가 의자에 앉은 채 죽어 있는 노인의 품으로 뛰어올랐다. 평소에는 절대 안기는 법이 없는 놈이었다. 흰눈이 노인의 코에 자신의 코를 들이밀었다. 노인은 숨을 쉬지 않았다.

흰눈의 눈이 커졌다.

* * *

노인이 죽은 지 정확히 한 달하고 이틀이 지난 날, 새벽 늦게 두 사람이 노인의 집을 찾았다. 도둑들이었다. 푹 눌러쓴 모자와 검은색 마스크로 가리고 있었지만 아는 사람이 봤다면 단번에 누구인지 알아챌 만한 얼굴이었다. 비탈길에 쌓인 눈을 치웠던 늙은 인부와 젊은 인부였다.

그들은 동네 구석구석을 잘 알고 있었고 부잣집들의 이런 저런 잡일을 봐주며 집의 구조를 익혀 놓았다. CCTV 위치와 경찰의 순찰 시간 따위도 다 파악하고 있었다. 작업 방식은 대담했다. 봉고차를 몰고 다니며 낮에는 빈집을, 밤에는 큰 집을 대상으로 이삿짐센터 직원처럼 훔친 물건을 실었다. 꼬리를 밟힐 수 있는 물건은 중국에 팔아넘겼다.

젊은 인부가 낮은 뒷문 담을 넘어 안으로 먼저 들어간 후 늙은 인부가 들어올 수 있도록 앞문을 열었다. 늙은 인부는 노인의 집 현관 앞에 주차된 1톤 트럭에서 기다리다가 대문이 열리자 태연하게 차에서 내렸다. 도둑질할 때마다 차도 바꿨고 번호판도 훔친 걸로 달았다. 달빛이 집 안으로 초대하듯 정원에서 현관으로 난 길을 밝혀 주었다. 예상대로 현관문은 잠겨 있지 않았다. 늙은 인부가 소리 나지 않게 현관문을 열고 안으로 들어갔다. 젊은 인부가 뒤를 따랐다. 늙은 인부는 거실로 들어가기 전 신발에 비닐을 씌웠다. 두 사람이 거실로 들어섰을 때 코를 찌르는 역겨운 냄새가 진동했다. 늙은 인부가 코를 막으며 플래시를 켰다.

"흡!"

뒤따라오던 젊은 인부가 소스라치게 놀랐다.

"무슨 짓이야?"

늙은 인부가 깜짝 놀라 뒤를 돌아보며 젊은 인부를 다그쳤다.

"저기 봐요."

젊은 인부가 거실 왼편 창가를 향해 손짓했다. 늙은 인부는 손가락이 향한 곳으로 플래시 불빛을 돌리려 했다. 젊은 인부가 늙은 인부의 손을 잡고 현관으로 끌고 갔다.

"뭔데 그래?"

"노인이 저기 의자에 앉아서 자고 있어요."

그때 둥이 2층 계단을 내려와 인부들을 향해 다가왔다. 둥의 눈빛은 불타는 혜성처럼 푸르게 빛났다. 달려오는 둥을 본 젊은 인부는 겁에 질려 뒤로 넘어지며 비명을 질렀다. 노인의 말이 틀리지 않았다. 덩치 큰 검은 고양이들은 밤에 보면 작은 흑표범 같았다. 젊은 인부의 비명에 놀란 둥이 다시 2층으로 도망치듯 올라갔다. 늙은 인부는 절망적인 표정으로 노인이 있는 곳을 쳐다보았다. 젊은 인부는 주저앉은 채로 현관을 향해 뒷걸음질 쳤다.

"빨리 나가요!"

젊은 인부가 말했다.

늙은 인부는 그 자리에 선 채 가만히 있었다.

                        * * *

"저 노인 죽은 듯싶어."

늙은 인부가 말했다.

"예?"

"이 냄새, 토할 것 같은 냄새. 시체 썩는 냄새 같아. 우리 윗집 노인이 재작년에 목을 맸는데 2주일 동안 발견을 못했어. 그때 그 냄새 때문에 밤마다 윗집에 대고 쌍욕을 했어. 죽은 줄도 모르고. 이 냄새 그때 맡은 냄새야."

"무슨 냄샌데요?"

"맡아 보면 알 거 아냐. 그리고 네가 그렇게 난리를 쳐도 깨어나지도 않잖아."

"감기 걸렸어요. 근데 진짜 죽었어요?"

젊은 인부가 겁에 질린 목소리로 말했다.

"확인해 볼래?"

"아니, 무슨 확인이에요. 그냥 나가요. 재수 옴 붙었네, 진짜."

"좀 오래된 거 같은데."

"우리가 상관할 바 아니잖아요. 그럼 그냥 물건이나 얼른 챙겨서 나가요."

늙은 인부가 노인이 있는 곳으로 다가갔다. 노인의 목

은 왼쪽으로 꺾여 있었고 발밑에는 오줌과 묽은 배변이 말라붙어 있었다. 늙은 인부가 장갑 낀 손으로 노인의 목에 손을 대고 맥박을 짚었다.

"죽었어, 확실히."

젊은 인부는 그제야 손으로 코를 막았다.

"일하는 아줌마 있지 않았어요?"

"같이 살지는 않았어. 그만뒀나 보네."

"시간 끌 거 없어요. 빨리 챙길 거 챙겨서 나가요."

"나쁜 노인네는 아니었어."

"우리도 의적은 아니에요."

"아무 걱정 없는 사람처럼 보였는데 저렇게 죽네."

"그러니까 자식새끼들한테 잘해야지. 아무리 빌어먹을 새끼라도 관에는 넣어 줄 거 아닙니까?"

젊은 인부가 거실 오른편에 걸린 「포르티시 해변의 누드」 앞에 서더니 플래시를 꺼내 그림을 비추었다. 젊은 인부의 얼굴에 만족스러운 웃음이 번졌다. 늙은 인부는 죽은 노인을 추억하듯 노인의 쪼그라든 등을 멍하니 바라보았다.

"뭐 해요? 빨리 작업이나 해요."

젊은 인부가 그림을 벽에서 떼어 내려 했다. 늙은 인부가 젊은 인부의 손을 붙잡았다.

"이 노인네가 저번에 한 말 기억나?"

"무슨 말이요?"

"밥 먹으면서 우리한테 그랬어. 이렇게 만나는 일이 더 많았으면 좋겠다고."

"그런데요?"

"지금 생각해 보니 이 노인네 우리가 도둑인 줄 알았던 것 같아."

"어떻게 알아요?"

"그거야 모르지. 근데 아니까 그랬던 것 같아. 맞아. 알고 있었어."

"알았다 한들 그게 무슨 소용이에요. 가만, 신고한 건 아니겠죠?"

"아닐 거야. 신고했으면 벌써 붙잡혔겠지. 그러니까, 이제 그만하라는 말이었던 것 같아."

* * *

젊은 인부가 늙은 인부의 팔을 뿌리치며 그림을 떼어 내려 했다. 늙은 인부가 젊은 인부의 팔을 더 세게 붙잡았다.

"그냥 나가자."

"왜요?"

"찝찝해."

"이 그림이 1억짜리라고요. 그리고 누드잖아요!"

젊은 인부는 포기하지 못하겠다는 듯 그림에서 손을 떼지 못했다.

"이 노인네가 어떻게 죽었는지 알아?"

"그걸 내가 어떻게 알아요? 자다가 그냥 갔겠지."

"나도 몰라. 근데 이 노인네가 죽은 게 나중에 발견되고 집에 물건이 사라졌다는 것도 밝혀져. 그럼 누구부터 의심하겠냐?"

"……우리."

"잘 아네. 재수 없게 엮이고 싶지 않으면 아무것도 건드리지 않는 게 좋아."

"아, 그래도…….

늙은 인부가 젊은 인부의 팔을 잡아끌고 현관으로 데리고 갔다. 젊은 인부는 아쉬운 눈치였다. 늙은 인부가 갑자기 두고 온 것이 있다는 듯 부엌으로 향하더니 저번에 눈여겨보았던 소금 통을 찾아서 들고 나왔다.

"인건비도 안 나오겠지만 이걸로 만족해야지."

"그런 양념 통이 뭐가 좋다고 그렇게 챙겨요?"

"수집가의 마음을 네가 알 리가 없지."

늙은 인부는 현관을 닫으며 마지막으로 집 안을 둘러

보았다. 흰눈과 둥이 어느새 현관 바로 앞 거실 문틈에 앉아 늙은 인부를 쳐다보았다. 고양이들은 노인을 그냥 둬서는 안 된다며 길게 울었다.

"미안하지만 내가 해 줄 수 있는 일이 없어."

늙은 인부가 현관문을 닫으며 말했다.

* * *

일주일이 지났다. 새벽에 내린 비를 흠뻑 빨아들인 아침은 부피가 늘어나 모든 것이 평소보다 더 커 보였다. 낮게 깔린 안개가 비탈길을 둘러싸며 사물의 경계를 지워 나갔다.

비탈길 아래서 코트 깃을 목까지 세우고 어깨를 웅크린 남자가 노인의 집을 향해 걸어왔다. 남자의 입에는 불이 붙지 않은 담배가 물려 있었다. 담배는 비에 젖은 솜사탕처럼 흐물흐물했다. 남자는 노인의 집 앞에서 걸음을 멈추고 고개를 들어 노인의 집을 1층부터 2층까지 찬찬히 훑었다. 콘크리트 담벼락에는 마른 능소화 줄기가 모세혈관처럼 뻗어 있었다. 그는 망해 가는 신문 보급소의 사장이었다.

남자는 초인종을 눌렀다. 당연히 반응은 없었다. 남자

는 다시 초인종을 눌렀다. 초인종 버튼을 부술 듯 반복해서 눌렀다. 그래도 반응이 없자 남자는 초인종에다 주먹을 날렸다. 초인종 모서리가 떨어져 나갔다.

"문 열어!"

남자가 소리쳤다.

"문 열라고!"

남자가 대문 틈새로 정원을 살폈다. 때죽나무 가지에서 빗방울이 뚝뚝 떨어졌다. 인기척은 느껴지지 않았다. 남자는 대문을 발로 거세게 찼다. 대문은 꿈쩍도 하지 않았다. 또 대문을 발로 찼다. 둥이 2층 창가로 달려와 대문 쪽을 바라보았다.

둥은 무언가를 하고 싶었지만 할 수 있는 일은 아무것도 없었다. 같은 자리를 빙빙 돌았다. 남자가 담을 넘으려 시도하고 있었다. 담은 남자의 키보다 두 배 이상 높았다. 남자는 능소화 줄기를 붙잡고 벽을 탔다.

남자의 몸을 견디기에 능소화 줄기는 턱없이 약했다. 툭툭 끊어졌다. 남자는 포기하지 않았다. 여러 다발의 줄기를 뭉쳐 두 손으로 단단히 붙잡고 다시 벽을 타고 오르려 발버둥 쳤다. 낮은 뒷문 담을 넘을 수도 있었지만, 그것까지 떠올리지는 못한 것 같았다. 남자는 포기하고 초인종 앞에 다시 섰다. 초인종에 대고 중얼거렸다.

"내가 겁나? 겁나겠지. 뒈지기라도 했어? 뒈진 거지? 그렇지?"

남자가 대문 문고리를 손으로 붙잡고 흔들었다.

"문 열어, 이 망할 노인네야! 문 열라고!"

남자의 힘으로 부술 수 있는 문은 아니었다. 남자는 대문 문고리를 붙잡은 채 주저앉아 흐느꼈다. 왜 자신이 이곳에서 울고 있는지 자신도 알 수 없다는 표정이었다.

"다 망했어. 보급소도, 집도 다 넘어갔어. 당신 때문이야. 다 당신 때문이야. 왜 나를 모욕했어? 왜! 나는 열심히 살았어. 열심히 살았다고. 그런데 왜 모욕해? 뭐가 잘나서 나를 모욕해? 문 열어! 당신 주려고 내가 신문을 가지고 왔어."

남자가 코트 안에서 비닐로 감싼 신문을 꺼냈다.

"내가 입에 쑤셔 넣어 줄 거야. 당신 입에다 말이야. 알아? 똑똑히 보라고. 내가 어떻게 하는지."

남자는 다시 일어났다. 문고리를 흔들고 대문을 발로 차며 악을 썼다. 손에 들린 신문을 대문을 향해 집어던졌다가 다시 들더니 또 집어던졌다. 남자는 이 세상에 노인과 자신만 남아 있는 것처럼 모든 분노를 쏟아 냈다.

그때 뭔가를 발견한 듯 둥과 흰눈의 눈이 커졌다.

고양이들은 진과 아이를 기억하고 있었다. 거세게 발악

하는 남자 뒤로 아이를 등에 업은 아이 아빠와 진의 모습이 보였다.

"무슨 일이세요?"

진이 남자를 보며 말했다. 남자는 대문을 발로 계속 찼다. 진이 아이 아빠에게 눈짓을 보냈다. 아이 아빠가 남자의 어깨를 붙잡으며 남자를 저지했다.

"무슨 일이십니까?"

남자는 그제야 고개를 돌려 진과 아이 아빠를 쳐다보았다.

"왜 그러시는 겁니까?"

아이 아빠가 다시 물었다.

남자는 아이 아빠의 팔을 조심스럽게 뿌리쳤다. 손으로 눈물을 닦아 내고 코를 훔쳤다. 남자는 진의 얼굴을 기억하고 있었다. 무언가 말하려다 아이 아빠의 얼굴을 보더니 입을 닫았다. 아이 아빠가 휴대폰을 꺼냈다.

"잠깐만요. 문을 안 열어 주니까 그랬어. 초인종을 계속 눌렀는데도 문을 안 열어 주니까 그랬던 거요."

"그렇다고 문을 부수려고 하시면 어떡합니까?"

아이 아빠가 말했다.

"그게, 급히 할 말도 있고 해서."

"무슨 말요?"

"저기, 그니까, 그 신문 좀 보라고."

"네?"

남자는 바닥에 떨어진 신문을 황급히 주워 코트 안에 다시 넣었다.

"이렇게까지 하려고 한 건 아닌데……."

"잠깐만요. 집에 사람은 있어요?"

진이 남자를 불러 보았지만 남자는 뒤도 돌아보지 않고 비탈길을 내달렸다.

* * *

"이상한 사람이네."

아이 아빠가 멀어지는 남자의 뒷모습을 바라보며 말했다.

"근데 진짜 무슨 일 있는 거 아닐까? 계속 전화도 안 받았잖아?"

"원래 휴대폰을 잘 안 보셔."

"아픈 거 아냐?"

"당신보다 훨씬 건강할걸."

아이 아빠는 머쓱한 표정을 지으며 초인종 앞에 섰다.

"이거 망가졌어."

"뭐라고?"

"초인종 망가졌다고. 아까 그 노인이 부쉈나 봐."

"무슨 일이야, 이게."

진이 주머니에서 휴대폰을 꺼내 노인에게 전화를 걸었다. 휴대폰은 전원이 꺼져 있었다.

"아직도 전원이 꺼져 있어?"

"응. 여행 가셨나?"

"그렇다고 전원을 꺼?"

진은 뒤로 물러서서 2층 거실을 올려다보았다. 진이 자신들을 쳐다보자 등과 흰눈이 길게 울었다. 밖에서는 고양이들의 모습이 제대로 보이지 않았다. 울음소리 역시 진이 있는 곳까지는 미치지 않았다.

"다음에 다시 올까? 수녀님들 먼저 뵙고 저녁에 오는 것도……."

아이 아빠가 진의 눈치를 보며 말했다.

"사람 걱정시키는 데는 도가 텄어, 아무튼."

"이사벨."

진이 환한 표정으로 고개를 돌렸다. 레베카 수녀였다. 수녀는 보육원을 나서다 노인의 집 앞에 있는 진을 본 것 같았다. 아이 아빠가 고개를 크게 숙이며 인사했다. 진이 레베카 수녀에게 다가가 품에 안겼다.

"오후에 온다더니 벌써 왔어?"

레베카 수녀가 말했다.

"네. 좀 빨리 왔어요."

"잘했어. 들어가자."

"네. 근데 혹시 윗집 할아버지 최근에 보셨어요?"

"그 노인네?"

레베카 수녀의 표정이 굳어졌다.

"네. 연락이 안 돼서요. 집에도 안 계신 것 같고."

"글쎄. 나도 통 못 봤네."

"무슨 일 있는 건 아니겠죠?"

"한 달 전쯤에 아들로 보이는 사람이 왔다 가긴 했어."

"아들요?"

"응. 가끔 찾아오는 남자가 있어. 아들 집에 간 거 아닐까?"

"일하시던 아주머니는요?"

"여행 갔어. 노인이 두 달 동안 아줌마 딸이랑 손녀랑 함께 해외여행을 보내 줬다네. 슈퍼 할아버지가 그러더라고. 곧 올 때 됐어."

"같이 간 건 아니고요?"

"그건 모르겠는데. 그 성깔에 같이 다닐 수나 있겠어? 춥다. 들어가서 이야기하자."

206

진과 레베카 수녀가 보육원 안으로 들어갔고, 아이 아빠가 뒤따랐다. 아이 아빠가 노인의 집을 쳐다보았다. 생각이 많은 얼굴은 아니었다. 사람들이 보육원 안으로 사라지자 고양이들은 입을 닫고 끙끙거렸다.

* * *

진은 저녁때 보육원을 나섰다. 노인의 집은 여전히 불이 꺼져 있었다. 진은 노인의 집을 쳐다보다 아이 아빠의 차를 타고 언덕을 내려갔다. 그날 이후 진은 노인의 집을 다시 찾지 않았다.

* * *

그다음 주 토요일, 성곽 너머로 구름이 높게 떴고 풀들이 원래의 색깔을 되찾고 있었다. 바람은 살랑거렸다. 노인네 정원의 나뭇잎들은 전쟁고아의 머리카락처럼 제멋대로 자라났다. 햇빛을 받아 길게 드리워진 나무 그림자가 정원을 가로질렀다. 봄이 찾아오고 있었다. 봄의 흔적은 노인의 집 안에서도 찾을 수 있었다. 얼음처럼 차갑던 거실이 따뜻해지면서 시체 부패 속도가 더 빨라졌다.

고양이들은 지쳐 있었다. 포대에 싸여 있던 지하 창고의 사료를 발톱으로 뜯어 흘러내린 것을 주워 먹었다. 욕실 변기의 물을 마셨다. 노인 주변을 어슬렁거렸지만 더는 노인의 다리에 머리를 비비거나 품에 안기지 않았다. 자신들이 알던 노인의 모습은 온데간데없었다. 부패하고 썩은 냄새가 집 안 전체에 깊숙이 뱄다. 노인의 집은 길고양이의 무덤 같았다. 아무도 찾지 않고 아무도 보지 못하는.

그날 오후, 사내아이 둘이 노인의 집 앞에 섰다. 노인이 시가를 주었던 고등학생들이었다. 작은 남자아이가 망가진 초인종을 눌렀다. 초인종 버튼은 간신히 매달려 있었다.

"이사 간 거 아냐? 초인종이 부서졌잖아."

키가 큰 남자아이가 말했다.

"집도 왠지 으스스해 보여. 정원도 더럽고."

"들어가 볼까? 저번에도 현관문은 안 잠겨 있었어."

작은 남자아이가 말했다.

"미쳤냐?"

"빈집인데, 뭐 어때?"

"아직 모르잖아."

"그러니까 들어가 보는 거지. 시가는 안 가져갔을지도 모르잖아."

"병신아, 너 같으면 두고 가겠냐?"

"담배 끊었다고 했잖아."

"아, 몰라. 난 안 들어가."

"시가 달라고나 하지 마, 병신."

"그만둬, 병신아."

작은 남자아이는 뒷문으로 난 길로 돌아갔다. 큰 남자아이는 망설이다 작은 남자아이를 따라갔다. 작은 남자아이가 뒷문의 비밀번호를 눌렀다. 그때 노인이 누른 비밀번호를 기억하고 있었던 것이다. 뒷문이 열렸다.

"어떻게 알았어?"

큰 남자아이가 말했다.

"그때 누르는 것을 봐 뒀지."

"공부를 그렇게 해라, 병신."

"너보다 수학은 더 잘해, 병신아."

작은 남자아이가 집 안으로 들어서려 할 때 큰 남자아이가 작은 남자아이의 손을 붙잡았다.

"할아버지가 있으면 뭐라고 그래?"

"시가 좀 더 달라고 하면 되지."

"비밀번호는 어떻게 알았냐고 하면?"

"문이 열려 있었다고 하지."

"말이 되냐, 병신."

"그렇게 걱정되면 밖에 있어, 병신."

작은 남자아이가 건물을 돌아가 현관문 앞에 섰다. 뒤를 돌아보니 큰 남자아이가 걱정스러운 표정으로 따라오고 있었다. 작은 남자아이가 현관문을 열었다. 지독한 냄새가 작은 남자아이의 얼굴을 덮쳤다. 2층 거실에 앉아 있던 고양이들의 귀가 쫑긋 세워졌다.

"이거 뭐야?"

작은 남자아이가 현관문을 닫고 코를 막으며 기침을 했다.

"왜 그래?"

"냄새가 독해. 죽을 것 같아."

작은 남자아이가 연신 기침을 해 댔다.

"조용히 해, 병신아. 사람들한테 들켜."

"네가 맡아 봐, 병신아. 진짜 독해."

큰 남자아이의 굳은 표정이 풀렸다.

"빈집인가 보다."

"내가 그랬잖아. 이사 갔다고."

"내가 그랬어, 병신."

키가 큰 남자아이가 기침하는 작은 남자아이 옆으로 다가와 현관 문고리를 잡았다. 오른손으로 코를 막고 현관문을 열었다. 현관 신발장엔 뽀얀 먼지가 가득 쌓여 있

었다. 큰 남자아이가 현관 안쪽으로 고개만 삐쭉 내밀었
다. 눈이 따가웠다.

"계세요? 할아버지?"

"아무도 없다고, 새끼야."

작은 남자아이가 코를 막은 채 큰 남자아이를 밀쳐 내
고 거실로 들어갔다. 죽은 노인의 시체 그림자가 소파 위
로 길게 드리워져 있었다.

"큰일 났다."

작은 남자아이가 말했다.

"뭔데?"

큰 남자아이가 작은 남자아이 뒤로 다가서며 말했다.

"아⋯⋯."

"저거 시체지? 저거 시체 맞지?"

작은 남자아이가 큰 남자아이를 돌아보며 말했다.

"그런 것 같아."

"그 할아버지야?"

"나도 몰라, 병신아."

아이들은 그 자리에 화석이 된 듯 서 있었다. 노인은
아이들이 집에서 처음 봤던 모습처럼 깊은 잠에 빠져 있
었다.

* * *

흰눈과 둥이 2층 난간에 몸을 웅크린 채 아이들을 지켜 보았다. 작은 남자아이가 소파 테이블 아래를 뒤적였다. 시가가 있는지 확인하는 것 같았다. 작은 남자아이가 시가 상자를 찾아 들어 올렸다. 상자 뚜껑의 먼지를 불더니 안을 열어 보았다. 시가가 남아 있었다. 작은 남자아이는 오른팔과 허리 사이에 상자를 끼우고 몸을 돌려 현관으로 향했다. 큰 남자아이는 여전히 죽은 노인의 모습을 멍하니 바라보았다. 눈에서 눈물이 흘러내렸다. 작은 남자아이가 왼손으로 큰 남자아이의 오른손을 붙잡으며 큰 남자아이의 몸을 돌려세웠다. 큰 남자아이는 질질 끌려갔다. 작은 남자아이가 욕을 했다. 큰 남자아이는 끌려가면서도 계속 돌아보았다. 현관을 나가기 직전 큰 남자아이의 시선과 고양이들의 시선이 부딪쳤다. 고양이들은 얼른 몸을 숨겼다. 오랫동안 사람과 마주치지 않은 탓이었다. 큰 남자아이는 울부짖으며 대문을 나섰다. 아이들은 비탈길 아래로 미친 듯이 내달렸다. 고양이들에겐 울 힘이 남아 있지 않았다.

　　　　*　*　*

　해가 졌다. 일교차가 큰 날씨였다. 날카로운 바람이 거
실 창을 두드렸다. 고양이들이 서로의 몸을 바짝 붙인 채
난간에서 꾸벅꾸벅 졸고 있을 때 경찰이 현관문을 열고
들어왔다. 노인의 시체는 두 달 만에 발견되었다. 이런저
런 절차를 거쳐 노인의 시신이 화장되던 날, 여행 갔던 덕
이 돌아왔다. 덕이 노인의 집 초인종을 눌렀을 때는 고양
이들도 집을 떠난 뒤였다.

힘 빠진 숫사자는 무리에서 쫓겨나 초원에서 홀로 죽는다.

사자에게는 어울리는 죽음이지만 나약한 인간에겐 더없이 슬픈 죽음이다.

나는 노인의 고독한 죽음을 통해 비정한 현대 사회의 한 단면을 보여 줄 수 있겠다고 여겼다.

아는 사람들은 너무 가깝고 모르는 사람들은 너무 멀다.

나는 이런 차별적 거리가 세상을 망치고 있다고 생각한다.

가깝지도 그렇다고 멀지도 않은 긴장을 유지한 채 꾸

준히 읽고 써서 첫 소설의 미숙함과 미흡함을 대신할 수
있었으면 하는 바람이다.

2014년 10월

김기창

모나코

김기창 장편소설

1판 1쇄 펴냄 2014년 10월 10일
1판 4쇄 펴냄 2016년 8월 31일

지은이 | 김기창
발행인 | 박근섭·박상준
펴낸곳 | (주)민음사

출판등록 | 1966. 5. 19. 제16-490호
주소 | 서울특별시 강남구 도산대로1길 62(신사동)
    강남출판문화센터 5층 (우편번호 06027)
대표전화 | 515-2000 | 팩시밀리 | 515-2007
홈페이지 | www.minumsa.com

ISBN 978-89-374-8957-0 (03810)

**심사평
중에서**

이 소설은 '늙은' 소설이 아니라 단지 '젊지 않은' 소설에 해당한다. 삶이 삶으로 다가오도록 하는 정공법을 구사하기에 무거울 수 있고 낡아 보일 수 있는 문제를 눈과 어깨의 힘은 빼면서 유머러스하면서도 페이소스를 담아 형상화하고 있다. 노인 소설의 확장이자 포스트 실존주의 소설의 미래를 확인할 수 있는 이종 장르의 소설이라고 할 수 있다. ─**김미현**(문학평론가·이화여대 국문과 교수)

이 시니컬한 노인은 자신에게 이미 다 사라져 버린 욕망이 다시 꿈틀거리자 거기에 순응하고, 그것에 휘둘리는 모습마저 여과 없이(스스로도 인정하면서) 보여 준다. 그리고 그것을 다시 관조하며 놓아준다. 이런 노인의 태도를 작가는 억지스럽지 않게 생생하고 인상적인 모습으로 그려 냈다. 그래서 더 쓸쓸했다. 말하자면 그저 개연성 있는 모습을 그린 게 아니라, 핍진성 있는 구성으로 끝까지 밀고 나갔다는 뜻이다. ─**이기호**(소설가·광주대 문창과 교수)

아무리 재주가 뛰어나 보여도 그 소설의 인물이 진짜 인간처럼 보이지 않는다면 그것은 반쪽짜리 작품일 것이다. 『모나코』를 읽는 동안 나는 이 노인의 주름살을 본 기분이 들었다. 노인의 말투가 오래도록 귓가에 남았다. ─**윤성희**(소설가)

"희망 없는 낙천주의자, 쾌락 없는 쾌락주의자, 절망 없는 비극주의자"를 자처하는 노인은, 욕망하지만 욕망을 이루는 데는 무심하고, 그보다는 이런 마음의 움직임 자체를 즐기는, 저 옛날의 스토익들을 떠올리게 하는 인물이다. 유부남의 아이를 낳은 미혼모 진과의 관계에서 분명하게 드러나듯, 노인에게 마음속 욕망은 대상을 소유하기 위한 출발점이 아니라 자신이 살아 있음을 확인하는 데 필요한 일종의 알리바이처럼 느껴진다. ─**정영훈**(문학평론가·경상대 국문과 교수)

담담하지만 냉정하고 정확하게 자신을 이해하고 있는 노인은 근래 소설에 보기 드문 인물형이다. 신체의 노화와 함께 이제야 욕망을 정면으로 보게 된 이 인물은 최근 종종 등장하고 있는 '할배들'과는 다르다. '할배들'이 소비의 대상이라면 노인은 욕망과 사유의 주체이다. 그 다름을 발견하고 그려 냈다는 것만으로 가치를 인정할 만하다. ─**강유정**(문학평론가·강남대 국문과 교수)